Novel@
愛·抉擇
愛你，是我最勇敢的決定。
Micat 著
愛上你，是我平靜人生中最大的意外。
即使我們身在兩個世界，即使還有更多未知的阻礙，
只要你也是愛我的，我就願意不顧一切去愛。

曾經，我是師長心目中溫順又聽話的乖乖牌，從小到大別說是吵架，就連和父母頂個嘴的次數也是數得出來的。每當不小心惹父母生氣，我的兩個妹妹會在和爸媽爭執後，頭也不回地關上房門，連晚飯也不願意出來吃。相反地，我通常會在半小時之內（最久的一次也只冷戰了二十五分鐘左右）就立刻向父母道歉，然後盡可能表現出最好、最棒的一面。

你說我為什麼這麼乖？其實現在再回想起自己當時的乖順，也有那麼一點無法理解，只知道當時好像就是能將爸媽的話奉為圭臬、認真奉行，而且發現自己潛意識中，似乎始終被「長女」這樣無形的名詞箝制著。在這兩個字背後，我理所當然地就應該比妹妹們要乖一點、懂事一點、聽話一點，所以自然而然地習慣了扮演長輩眼中「最不用擔心的乖孩子」，早已習慣很多身為長女該具備的一切。

然而，升高三那年的炎熱夏天，當我和班上一個男同學談戀愛的事情被爸媽發現的那一刻起，爸媽對我的信任就愈來愈薄弱。雖然這段初戀後來僅僅維持了四個月又十二天，但從那時起，我和爸媽之間的平衡關係受到影響後，和他們的衝突也愈來愈多、愈來愈多。

於是，在高三那一年，我和爸媽常常因爲我該不該去某位名師的考前衝刺班上課而不開心。

於是，在高三那一年，我和爸媽開始爲了是不是非得考進國立大學的問題而僵持不下。

於是，在高三那一年，我和爸媽經常爲了他們要我選擇北區的學校，而我不想塡離家太近的大學而翻臉。

最後，當放榜確定我只考上一所私立大學，而爸媽堅持要我再重來一次的時候，如果不是我哀求一向疼我的爺爺奶奶幫我求情，我想爸爸媽媽也不可能勉強答應讓我「讀讀看」。

所謂的「讀讀看」呢，沒錯，就只是「讀讀看」而已。他們始終認定我念不了多久，就會發現他們的用心良苦，然後請他們立刻幫我辦理休學手續。

只是，升上大二，他們眼看我不但沒有按照他們的劇本辦休學，反而表明想繼續讀到畢業的意願時，我發現自己好像眞的傷了他們的心，甚至眞的讓他們氣惱到某個臨界點了。

就像剛才，在電話中，我對著電話那頭的媽媽，把壓抑已久的怒氣一股腦兒地吼了出來，而媽媽也生氣地掛斷電話，下了最後通牒要停掉我的零用錢，我才發現，我和他們的關係眞的降到一個不可收拾的冰點了。

其實我又何嘗不想像從前一樣，和爸媽維持著好的關係？而且我也相當認同「不聽老人言，吃虧在眼前」這句連三歲小孩都會背的話，我甚至知道，有時候聽聽大人們的意見做決定也沒什麼不好，畢竟他們的經驗確實可以讓我們省掉很多麻煩。但是現在的我，只想讓自己爲屬於自己的未來做決定，就算未來可能會後悔，可能會有很多「也許當初如何如何」這樣的想法出現，但我實在不想再像從前一樣，依著爸媽的安排，毫無自我地踏出每一步。

因爲，這是我的人生。

既然是我的人生，爲什麼不是由我來主宰？由我來下決定？

2

「妳是梁雨競同學嗎？」一位西裝筆挺的男子，低下頭看著坐在大廳沙發上的我，禮貌地問。

「嗯。」站起身，我點點頭，不小心瞥見了他右手從食指延伸到手背上的一條刀疤。為了表現出我的鎮定，我假裝視而不見。
「妳先稍等一下，請坐。」他微微低頭，隨即往辦公室的方向走去。
「嗯。」看他離開，我又坐回沙發上。因為緊張，心跳得很快，眼睛不時往辦公室的門望去。
我的緊張，不只因為這是我生平第一次面試，我心裡同時也抱著很大的疑惑。像這樣小小的工讀生工作，應該不至於安排這麼正式的面試才對。等待中的我，心裡的懷疑愈滾愈大、愈滾愈大，幾乎讓我忘了緊張。
沒多久，剛剛那名男子便打斷了我的質疑，輕輕地推開門，「梁同學，請進。」
「喔。」我站了起來，深呼吸之後走進辦公室。
「請坐。」他拉一張椅子放在辦公桌前，「這位是老闆。」
「謝謝，」隔著辦公桌，我坐了下來，這才眞正地將目光移向頗有黑道大哥氣勢的老闆，露出初次見面的禮貌微笑，「您好。」
「妳好，請坐。」老闆哈哈地笑了笑，手中正拿著幾天前我花了一個半小時打好的履歷。
「謝謝。」我還是帶著笑容。
「妳怎麼知道這個工作的？」被稱為老闆的中年男子揚起眉，眼神中透露著很江湖的霸氣。不過，掛在眼角的笑，讓他的臉部線條看起來柔和許多。

「前天下課的時候，在校門口的布告欄看見徵人啓事，所以就投了履歷過來。」我偷偷地嚥了一口口水。

他點點頭，「妳很緊張是嗎？」

我苦笑了一下，因爲自己的不擅掩飾而尷尬，「不好意思，我只是……只是……」

「是不是不懂，爲什麼應徵這種輪班工讀生的工作需要這麼愼重的面試？」老闆又爽朗地哈哈大笑，「還是覺得我這老闆頭殼壞去了？」他的那句「頭殼壞去」，是用台語說的。

「……」因爲他的料事如神，突然間我不知道該說些什麼。

他先是瞇起眼，然後搖了搖頭，「『彈子房』的工作不適合妳，光看妳履歷上的自我介紹就知道了。」

「啊？那……」看到他犀利的眼神，我連忙止住喉嚨裡的話，並沒有把「幹麼還要我到這裡來」說出口。

「我有更適合的工作可以給妳，」他將履歷翻到第二頁，「不過在這之前，我想先問妳，備註欄上的『經濟壓力』是怎麼回事？」

我嚥了嚥口水，猶豫應該把事情解釋到什麼程度，於是思考了幾秒，「因爲我和爸媽有些不愉快，下個月開始他們就不再給我生活費了。」

老闆點了點頭，目光從履歷表移到我身上，「是交了他們不喜歡的男朋友嗎？」

「不是，他們希望我休學，重新準備考試……」我嘆了一口氣，「他們一直希望我能考上一所國立大學，也許這是很多父母對子女都會有的冀望，但我眞的喜歡現在這個環境。」

他咳了咳，「我了解了。」

「請問……」我盯著他，發現儘管他的態度一直很和善，但那種無形間散發出來的氣勢，卻讓人不敢輕易地放鬆，「您所謂『更適合的工作』是？」

「妳知道你們班這學期的轉學生洪智桓吧？」

「洪智桓……」我摸摸下巴，最近在課堂上簽到時好像看過這個名字，不過不知道是我沒有特別注意這個人，還是這個人根本沒來上過課，開學至今一個星期，我還是沒有見過他本尊。

「我想請妳當他的……勉強可以說是家教吧，希望妳能答應接下這個工作。」

「家教？」我睜大了眼睛，驚訝得不得了，「我的成績只是還ＯＫ的程度而已，而且當同班同學的家教……」

好像……有點瞎喔？我皺起眉頭。

他吐了一大口氣，似乎也感染了我的爲難般地皺起了眉，然後將背靠在又大又舒適的辦公椅上，「Kevin!」

「是，」站著的男子中氣十足地回應了老闆後，便將目光移向我，「梁同學，之所以說是『家教』，是因爲好像沒有更適合的名詞來形容這個工作。其實這個工作很彈性，如果妳願意的話，我們再談細節。而雖然說是家教，但基本上妳並不需要像盯小學生那樣盯他的課業，只要在考試時幫老闆督促他一下，在報告方面多協助他一點，讓他這學期每一科都及格就可以了。」

「所以，不必管成績的高低囉？」

「是這樣沒錯，總而言之，就是用任何方法讓他all pass。」

「嗯……」我撥了撥額頭上的劉海。

「這是契約。」那個叫Kevin的男子走到我身邊，攤開一張紙。

「契約？」我驚訝地看著他，不敢相信耳朵聽到的，「爲什麼要簽約？」

「妳放心，老闆只是希望能有一個約束彼此的形式而已。」

我抓抓頭，「但我還是覺得奇怪……」

他牽動嘴角，笑了一下，「老闆算是半個生意人，習慣上會希望將這些東西寫成契約。」

「可是……」我皺起了眉。

「相信我，這不會是賣身契，放心。」他咳了咳，「而且妳一旦簽了約，薪資與獎金的部分他不會少給妳的，每個月五號固定匯入妳的戶頭。」

我看著眼前的契約，這一切對我來說實在太離奇了點，一時之間我不知道該回應些什麼。

「是不是不夠？」這次說話的是老闆。

「不！」我看了一眼契約上已經比一般上班族月薪要來得多的數字，「我只是有點驚訝，而且覺得很奇怪。」

「我想也是，不過小女孩啊！我最近工作很忙，之後有很多的時間要跑國外，暫時沒有這些空閒處理阿桓的事情。」

「讓我想想……」

「簡單來說，就是讓老闆放心一點，如此而已。」Kevin瞄了老闆一眼，然後再看著我說：「不瞞妳說，上學期老闆曾幫阿桓換過三位家教，但他們太沒責任感，說辭職就辭職，所以才會想到要請妳簽約。」

「這樣啊……」我嚥了一口口水，即使我知道這種說辭就辭的做法不怎麼負責，但如果三位家教都這樣匆匆離開，這其中的隱情也未免太耐人尋味了。

「妳還有什麼疑問嗎？」Kevin很快地又問了我。

「呃……洪智桓他知道這件事嗎？」

「當然。」

「那他同意嗎？」

「我是他老子，我安排的事情，他不答應也不行。」老闆瞇起了眼。

「也許他根本就只是表面上妥協而已。」不知哪來的勇氣，我大膽地說出了我的感覺，「如果是他故意不配合或唱反調，簽了約的我豈不是很可憐或者說是……倒楣嗎？」

老闆哈哈地大笑了幾秒，「妳真是一個聰明的女孩，真不愧……」

「真不愧什麼？」

「沒什麼，有一天妳會明白的。」

「什麼意思？」我皺了皺眉，又問了一次。

「總之，如果問題出在阿桓身上，到時候我絕對不會用契約來壓妳。」

「我覺得我還需要一點時間考慮一下。」

「就當是幫我一個忙吧！」

看著老闆臉上誠懇的表情，我心裡的防衛機制稍稍鬆懈了下來，甚至想直接答應他。不過幸好，下一秒鐘，我的理智馬上壓下那瞬間的衝動。

我吸了一口氣，認眞地思考著。

這位老闆看起來的確像是很有來頭的老大沒錯，只是不知怎麼的，他卻讓我有一種莫名的親切感，看起來不像是會設陷阱給我跳的樣子。

我發現我心裡的天平左右搖擺著。畢竟這位老闆給我的薪資，不僅足夠我一個月的房租、水電、吃喝玩樂……等等的花費，還能有剩餘的讓我存進戶頭裡，甚至買些奢侈品。只是回過頭來想一想，如果這個工作眞的這麼優，又怎麼可能輪到我？還必須簽約……

這樣想起來，總覺得好像哪裡不妥，不會是求職陷阱吧？

「我可以再考慮一下嗎？」

「當然。」老闆哈哈地笑了笑，看著那個叫做Kevin的男人，微微地揚起下巴示意。

「這是我的名片，給妳兩天時間考慮，隨時撥電話給我。」

③ 該不該接下這個工作？

走出商業大樓，心裡的猶豫愈來愈多。基於經濟的考量，這個工作的酬勞的確很吸引人，而且如果工作內容眞的單純地只是當個「家教」，讓那個轉學生學期末的每一科成績都及格的話，那實在是一個難得的工作機會。但是，一想到報章媒體上常常報導的求職陷阱，我的理智就不斷提醒自己應該要更謹愼一點才行──雖然話說回來，我梁雨競既沒有模特兒的身高，也沒有火辣身材，好像不太可能讓人這樣千方百計設下什麼陷阱才對。

好吧！換個角度，如果暫時不考慮是不是求職陷阱這個點，這個「類似家教」的工作，又眞的適合我嗎？儘管剛剛那個大老闆是那樣斬釘截鐵，但連我都不確定能不能勝任愉快，他只憑一份履歷就能知道我很適合？我吸了一口氣，發現自己愈是思考，伴隨著出現的疑惑好像就愈來愈多。

走到十字路口，當眼前小綠人慢慢地開始行走，我加快了穿越馬路的速度。這個時候，我的手機響了起來。

我快步地往對街走去，坐在人行道上的白色椅子接起電話，「喂？爸……」

「小競，我聽媽媽說了，眞的不讓我們幫妳辦休學嗎？」爸爸的聲音低沉，我知道他正努力克制自己的怒氣。其實爸爸一向疼我，儘管上高中後我常常惹他生氣，但他對我的關心卻從不吝嗇。

「嗯，我不想休學，就算休學一年，明年我未必能考上國立大學啊。」

「小競，只要努力，爸爸相信……」

「爸！這些話你們已經說好幾百遍了，我不想聽。」我打斷了爸爸的話。

「妳怎麼會變得這麼不聽話？以前那個乖巧的小競到哪去了？身爲妹妹們的……」

「難道我不能自己做決定嗎？我不想再當個乖巧的傀儡了！」我再次打斷爸爸的話，因爲我實在不願意再聽到「妹妹的榜樣」這樣的話。

「我希望幾年後，妳不會因爲現在的決定而後悔，妳知道爸媽都是爲妳好。」

「我知道，我從來沒有抹煞過爸爸和媽媽的苦心，只是這一次，我想要自己作主，無論如何，我不會後悔的。」

「好！那下個月開始，就像媽媽跟妳說過的，我們會剪了妳的信用卡，生活費妳也要自己想辦法。」說完，爸爸掛了電話。

因爲太難過，加上摻雜了生氣的複雜情緒，我那隻緊握著手機的手微微顫抖著。眼見和父母之間的爭執已演變成難解的習題，我有一種想掉眼淚的衝動。只是，每每想到爸媽總無法諒解我，總想幫我安排好一切，連個讓我自己做決定的機會都不願意給我的時候，我體內的叛逆因子就開始蠢蠢欲動。

我坐在涼椅上，呆呆地看著熙來攘往的車輛，猶豫了好幾分鐘。

就這麼辦吧！嘆了一口氣，我從包包裡找出Kevin遞給我的名片，依著上頭的號碼撥打。

「喂！Kevin先生！」聽見話筒裡Kevin簡短地應了一聲後，我才繼續說下去，「我考慮好了。嗯，我馬上回去簽約。」

4

「這麼快就決定了？」

「是啊！」我拿著Kevin遞過來的黑色簽字筆，謹愼地把合約上最後一行文字閱讀完畢。

「剛剛看妳對於簽約這個程序還不怎麼放心，才過了十幾分鐘，怎麼就突然不擔心契約的事情了？」

「對啊！繼續龜毛下去也不是辦法。」我苦笑了一下，故意認眞地研讀合約，其實心裡還是因爲簽約而感到不安。但剛剛與爸爸的衝突，讓我有一種想豁出去的衝動，再說，這份工作優渥的薪資條件，可以讓我省掉必須同時兼很多份工作才能維持生活開銷的麻煩。

「我相信老闆知道妳的決定後，他一定很開心的。」

「Kevin先生，我能不能偷偷問你，這個工作是陷阱嗎？」雖然知道我這麼問是一種極白目的行爲，但我還是忍不住問出口。

「不是。」

「那爲什麼……」我組織了一下腦子裡多而雜亂的問題。

「其實妳大可放心，」他講話快而簡短，我想多少和他從事特助這種辦事效率應該要快的工作有關，「我想我大致跟妳解釋一下工作內容，妳會比較清楚一點。」

「嗯。」

「妳應該看得出來……」他停頓了幾秒，「老闆的背景吧？」

我點點頭，不打算搭腔。

「這些年老闆受了他一個拜把兄弟的影響，正慢慢地往正當的行業轉型，爲了讓他的事業能夠永續經營，他希望自己的兒子能好好念完大學，畢業後再到公司幫忙。」

「那洪智桓他現在，呃……我的意思是說他從前是不是也和老闆一樣，一樣……」好像怎麼說都有點失禮，我突然不知道該怎麼表達才比較恰當。

「雖然轉型是這幾年的事情，但其實阿桓上了國中之後，老闆就已經禁止他接觸任何幫裡的事，就連大家稱呼他什麼J哥或阿桓哥的習慣，都被老闆嚴格禁止了。」

「J哥?」

「嗯,『智』這個字的英文拼音字首。」

「原來如此,」這麼巧,我的名字裡「競」的英文拼音也是J開頭,「這樣聽起來,老闆真的很認真也很在意。」

Kevin咳了咳,「天下父母心,老闆當然不希望自己兒子和從前的他一樣打打殺殺的。」

「嗯。」

「不過我想說的是,雖然老闆相當在意,但不可否認,阿桓的成長背景和妳比較起來,肯定更複雜了一些。可是妳可以不用擔心,也不用怕阿桓會用太過分的手段對付妳。」

我點點頭,忍不住好奇地問:「老闆只有一個兒子嗎?」

「阿桓還有個妹妹,也念中區的大學。」

「嗯……」我思忖了一下。

「在應徵『彈子房』工讀生的時候,恰巧看見妳的履歷,所以向老闆提了這個建議,梁同學,有一點我必須告訴妳,看了妳的履歷後,我稍微用了一點關係,請人去查了妳的科系與班級,還有妳大一時的學年成績。」

我眉頭皺了一下，除了因爲自己的成績被赤裸裸公開的不良感受之外，心裡還閃過一絲驚訝，「沒有我的同意，校方怎麼會……」

「這對我們來說不是難事。」也許見我沒有說話，他又補了一句，「如果妳覺得隱私被侵犯的話，我感到很抱歉。」

「沒關係，」我苦笑了一下，「只是我的功課也不是頂尖優秀的那種，爲什麼會選中我？還是恰巧因爲我跟洪智桓同班？」

「當然這也是一個主因，同班的話，有些事情執行起來會方便許多，至於妳說成績不是那麼頂尖，」他沉沉地吐了一口氣，看起來像在思考什麼，「這麼說好了，老闆需要的，並不是一個可以讓阿桓成績變得頂尖的家教。」

「只是讓他all pass就好。」我想起先前的交談，做了補充。

「是的，老闆只想讓他兒子順利畢業，也希望他能夠在念大學的這段時間，當個普通的大學生，別太分心。」

「嗯……」我點點頭，說出了我的疑惑，「可是他在原本的學校讀得好好的，爲什麼要轉到我們學校？準備轉學考其實不容易，而且轉學成功後還有一堆學分要補，老闆眞的想要洪智桓順利畢業的話，在原先的學校好好念完不是很好嗎？」

「這次會轉學是老闆的意思，多少是因爲你們學校離公司近的緣故，不然從前天高皇帝遠的，就算他曠課曠得凶，我們也管不到。」

「那洪智桓的態度呢？」我皺起了眉，想起自己和父母之間的衝突，「換成是我，我想我不會心甘情願轉學。」

「阿桓一開始當然也不妥協。不過關於這點，他們父子倆已經達成協議了。」

「達成協議？」

Kevin嘆了一口氣，「是的，這一兩年來，老闆的身體每況愈下，阿桓很孝順，所以老闆的要求，他不會拒絕。」

「嗯……」

他點點頭，然後看了一眼手錶，「梁同學，不好意思，十分鐘後我還有一個會議要開，所以恐怕不能跟妳多聊。這些事，妳有興趣的話，以後再找時間問我也行。關於這個工作，妳還有什麼疑問或顧慮嗎？」

我想了一下，「洪智桓他真的不排斥這個安排？」

「如果告訴妳他心裡完全不會排斥，似乎有點虛假，畢竟我不是他，更不是他肚子裡的蛔蟲。不過既然他答應了老闆，我相信他應該不會輕易反悔才對。」

「真的嗎？」我必須再確認一下。

「是的，還有什麼問題嗎？」

「我想想……」我再次拿起桌上的合約，快速地瀏覽了一次，然後看看窗外的藍天，想讓腦子沉澱一下，「啊！對了，明天開始，他就會來學校上課了吧？」

「基本上會，晚一點我會再通知阿桓明天開始就得去上課。不過一旦簽了約，往後他在學校的出缺席就要麻煩妳督促他了。」

我點點頭，其實他所說的，在契約上都寫得很清楚，「那為了保險起見，我想跟你要他的手機號碼。」

他又笑了，「當然，如果沒有問題的話，可以簽約了嗎？」他微抬了下巴。

「請問……我可以加上一條嗎？」

「說來聽聽。」

「我可不可以加上『如果洪智桓本人不願意配合，梁雨競得隨時終止合約，而且不算毀約』這樣的文字？」看著他露出奇怪的微笑，我也苦笑了一下，不知道他的笑是不是因爲我把這種文字講得太白話的關係，「對不起，我不太懂這種條文的用語。」

「喔！不！」他又笑了，「我只是突然想起剛剛老闆說的話。」

「啊？」納悶。

「他不是說妳是個聰明的女孩？」

「對呀……」我突然想起剛剛老闆沒有說清楚的話，「他本來要說的是『眞不愧』

什麼呢？」

「沒什麼，有一天妳會明白的。」他笑了笑，拿起桌上的簽字筆，乾脆地在契約最後一行用瀟灑的筆跡附加上我剛剛提出來的條件，接著，便從他的辦公室抽屜裡拿出印章，沾了沾印泥後在增加的那行字上蓋了章，「為了慎重起見，明天妳有空再拿自己的印章過來補蓋吧。」

「謝謝。」像是感染了他的乾脆，我二話不說地在合約上簽上了自己的名字。

5

這是一間三房一廳的小公寓。

和同班的蜜蜜以及芷榆住進來已經第二個學期。

「我回來囉！」一走進門，就看見正在塗指甲油的蜜蜜，於是我往芷榆房門口望了過去，「芷榆出去玩囉？」

「又和那個新認識的網友出去玩啦！」

「是喔！」我笑了笑。據我所知，芷榆好像對這個網友很有好感，每次提到他，臉上都洋溢了甜蜜的微笑。我和蜜蜜還因此常常消遣芷榆，說這個網友搞不好就是芷榆的

Mr. Right。

「等芷榆回來，我們再好好地逼供，對了，今天的面試如何啊？」蜜蜜抬頭看了我一眼，隨即把注意力放回她的腳指甲上。

「ＯＫ呀！不過不是工讀生的工作……」

我把包包放在紅色沙發上，在蜜蜜身邊坐下，將整件事情的經過大致說了一遍。

蜜蜜停下她塗著指甲油的動作，驚訝地睜大眼睛看著我，「所以妳從現在開始，就是那個轉學生的……」蜜蜜思考了幾秒，「家教？」

我嘟起嘴，點了點頭，「有點扯對不對？」

「扯倒是不至於啦！只是有點……呃……」蜜蜜再思考幾秒，顯然還找不出適當的形容詞，「有點讓人吃驚就是了。」

「剛聽到的時候，我也覺得好瞎喔！我甚至還擔心會不會是陷阱耶。」拿起電視遙控器，我開了電視，將頻道停在某個綜藝節目的畫面，「不過，感覺起來應該不是。」

「那就好。」

「所以既然已經簽約，硬著頭皮也得撐下去，不然我爸媽下個月開始就不支付我的零用錢了，不找個酬勞多一點的工作，我恐怕就得露宿街頭了。」

「再怎麼樣我們都會收留妳的！」蜜蜜甜甜地笑了笑，「話說妳爸媽真的會這麼狠嗎？」

「是啊！我想我這次是傷透了他們的心了。」我苦笑了一下，想起先前在電話中，爸爸那無可奈何的語氣。

「別想太多，」蜜蜜拍拍我的肩，「我想有一天他們一定會了解妳的堅持。」

「但願。」我聳聳肩，把目光移向電視螢幕。

我當然希望爸媽能夠了解我的堅持，並且由衷期望這一天能夠快點到。只是這次我傷透了他們的心，眞的能得到他們的原諒嗎？

我想起先前爸爸在電話中那好像心死了的語氣，以及我和父母之間一直以來的爭執，想起這一切的無可奈何，接著想起了今天在契約上簽了名的那一刻，想起接下來長達一個學期的工作，想起洪智桓……

「對了，蜜蜜！」

「啊？」已經準備繼續塗指甲油的蜜蜜似乎被我嚇一跳。

「抱歉……」我看了一眼蜜蜜塗壞了的指甲。

「沒關係，」蜜蜜拿起一旁的去光水，「怎麼了？」

「洪智桓他……」我猶豫了一下我的用詞，「妳遇過他嗎？人怎麼樣呀？」

蜜蜜想了想，然後搖搖頭，「沒有耶！開學到現在，這學期轉來的四個轉學生，好像只有他沒露過臉。」

「對啊！」我嘆了一口氣，「希望是個好相處的人，也希望他明天……」

我的話說到一半，就被對講機響起的鈴聲打斷，「管理室？」我納悶地看了蜜蜜一眼，然後走到門邊拿起對講機的話筒。

「喂？」

「梁同學嗎？」管理員操著台灣國語問。

「是的，伯伯。」

「有妳的快遞喔！」

「快遞？」

「嗯，剛剛送來的，熱呼呼的呢！」

「好，我這就下去拿。」結束對話，我帶著好多好多的疑惑往樓下飛奔而去。

6

「哇！小競，妳買新手機啊？」坐在我身旁的蜜蜜大聲驚呼，眼睛像發亮一般盯著我手中的小紙盒。

「沒……」我看著紙盒上新型智慧型手機的圖片，心裡的驚訝並不少於蜜蜜，只是除了驚訝之外，還比蜜蜜多了一百倍的疑惑。

我再看了一遍紙盒上的名字，確實寫了「梁雨競」三個字，但是，我又沒有買手機，爲什麼……

「好怪喔！」

「啊？」蜜蜜似乎也發現了我的疑惑與緊張，於是趕緊確認了一下收件人姓名和地址，「沒錯啊！」

「嗯……」我很疑惑，心想「裡面該不會有炸彈吧」，小心翼翼地打開紙盒，立刻看見了一張用電腦打字的A4大小的紙張，上頭寫著：

梁同學：

阿桓明天就會到學校上課，妳的事我已經跟他提過，他會好好配合的，請妳放心。

爲了讓妳往後方便聯絡智桓，這支手機是專門讓妳使用的，通話的費用妳不必擔心，裡頭已鍵入智桓的手機號碼，另外還輸入了老闆和我的電話號碼，有什麼事都可以和我們聯絡。

一切麻煩妳了。

另外附上阿桓這次的選修課程，我想妳可以先看看。

Kevin

「哇塞！這未免也太酷了吧？我看看！」當我不敢相信地又把手中的紙看了一遍時，一旁的蜜蜜發出驚呼，搶過我手中的Ａ４紙，大聲地朗讀了一遍，「不愧是大老闆耶！出手真大方。」

對於蜜蜜的話，我並沒有回應，只是呆呆地盯著手中的手機。

「小競？妳怎麼啦？小競？」

「啊？」

「妳在想什麼？」

「我在想，好像不應該收這麼貴重的東西，妳覺得呢？」

「嗯……」蜜蜜把紙放在一旁，「是很貴重沒錯，不過人家給得心甘情願的，妳不妨就開心歡喜地接受吧。」

「是嗎？可是……」我吸了一大口氣，然後沉沉地吐了出來。

「別可是了啦！」

「我看我還是打通電話給Kevin先生好了。」我按了開機鍵，看著全新的手機螢幕跳出漂亮的開機畫面，整個系統開啓完畢後，在選單裡點選了通訊錄的功能。因爲沒用過這種智慧型手機，我還連著兩、三次不小心點進奇怪的功能表裡。

不過幸好，我很快地從通訊錄裡找到了Kevin的聯絡電話。

收不到訊號？

我皺了皺眉，猶豫要不要打給洪智桓的爸爸，也就是我的老闆。

「沒接呀？」

「是啊！」我點點頭，做了決定，「我打給老闆好了。」

「嗯。」

回到通訊錄，我在「老闆」的選項中，按下撥號。

我悄悄地吸了一口氣，紓解一下我的緊張。

「喂！你好！」沒響幾聲，對方便接起了電話。

「老闆，我是梁雨競，今天……」聽見他中氣十足的聲音，我覺得自己好像正面對面地和他說著話。

「哈哈！」電話那頭傳來爽朗的笑聲，「我知道，小競，我可以這樣叫妳吧？」

我嚥了一口口水，他的問題讓我稍微嚇了一跳，「當然……可以。」

「手機收到了就好，以後就用這支電話聯絡Kevin或者阿桓那小子。」

「老……闆，我……很謝謝你，不過我想我還是把手機還給你好了，我會把你們的電話號碼都記下來，手機我晚一點拿過去還你……」

他大聲地打斷了我，「是不是不喜歡那支手機？不喜歡的話，我馬上吩咐Kevin另外去買一支。」

「不！不是！這手機很好，只是……只是我不能收這麼貴重的東西。」

「喜歡就好，妳就收著用，沒別的事的話，就這樣了！」

「老闆……」

「不要不乾不脆的，還有！明天阿桓會去學校上課，這小子之後就要拜託妳了，他敢再給我這樣混，妳隨時打電話給我。」

「喔！好。」

「那一切就拜託妳了，還有，Kevin在手機裡存了幾張阿桓以前的照片，妳可以先看一下。」

「喔……」我的話還沒說完，他就已經掛了電話。

「怎麼樣？」蜜蜜像個好奇寶寶。

「差點害他誤會，以為我不喜歡這款手機，還要換另一支給我……」我忍不住苦笑。

「是喔！」蜜蜜雙手合十，一副超級崇拜的模樣，「大老闆就是不一樣……」

「啊！」本來想放下手機，但突然想起老闆剛剛在電話裡的話，於是在手機的功能表裡找出相簿的選項，果然看見洪智桓的照片。

「哇！眞酷！」蜜蜜挨了過來，忍不住地用手指滑動螢幕，想看看其他的照片，「很少人留這種髮型還能這麼帥的耶！眞有型。」

我看著手機螢幕上的洪智桓，心裡還滿認同蜜蜜的話。

除了那雙深邃得讓人想多看一眼的眼睛之外，照片中能看見的他的上半身穿著也還滿有品味的，而那好看的五官，以及有稜有角的臉型，再配合上短短的小平頭，怎麼看都讓人覺得造型獨特。

老實說，我有點驚訝，因爲照片上的他看起來和我想像的，很不一樣。

儘管知道他不會是那種乖乖念書甚至是彬彬有禮的男孩類型，但不知怎麼的，我有一種預感，我相信他應該不是難相處的人。

歸納出這樣的結論後，我總算放心不少。但奇怪的是，他給我一種熟悉的感覺，我老覺得好像在哪裡見過他。

「小競？怎麼又發呆了？」蜜蜜在我眼前揮了揮手。

「沒有啦！只是覺得這個人好像有點眼熟耶。」

「搞不好眞的在學校遇過！」

「是嗎？」我還是不怎麼相信。

「哎唷，這就叫做有緣啊！」蜜蜜雙手交叉在胸前，「這種一見如故的感覺，就是有緣。」

「是嗎……」我抓抓頭，想著蜜蜜的話。

這種熟悉的感覺，就是有緣嗎？

7

回到房裡，盯著放在床上的手機，那種受寵若驚的感覺始終揮之不去。

儘管心裡還是覺得這一切不可思議，但很奇妙的是，原本擱在我心中，煩惱著這個工作會不會是陷阱的焦慮，好像被老闆乾脆爽朗的說話語調影響，整個擔著的心也放下了不少。

雖然Kevin說得很輕鬆，說老闆只不過是希望他兒子能順利讀完大學，再來接管事業，但我想老闆一定更希望自己的兒子能過平凡一點的生活，現階段只要單純地當個學生就好。

這應該就是……一個做父親的希望吧！雖然和老闆只有一面之緣，雖然我也不了解他們曾經闖蕩的「江湖」是不是像電視上演的那樣，不過多少看得出來，老闆在他們所謂的「江湖上」應該曾經是個叱吒風雲的人物。只是儘管他能力強到可以管理這麼大的事業，儘管他手下領導了很多人，儘管有很多的儘管，然而對於兒子的未來，說穿了也只抱著平凡父親的期待而已。

想著，我突然覺得自己很可笑，幾個小時前才剛和父母大吵了一架的我，又有什麼資格思考這一切？

唉……

我躺在床上，原本決定暫時什麼也不想，思緒放空，但沒多久就因爲好奇心作祟，忍不住拿起放在一旁的手機，並且從功能表裡點選了相簿的選項，隨意看了看洪智桓的照片。

愈看，我心裡那股疑惑愈滾愈大。這眞是奇怪了，難道他是所謂的大眾臉嗎？看來看去，對於照片中的這個人，我就是有種莫名的熟悉感。難道眞的這麼巧，我的確在哪裡見過他嗎？

會不會眞像蜜蜜說的，我其實早就在學校遇過他了？還是這眞的就是所謂的「一見如故」?就是蜜蜜所謂的「有緣」?

轉了身,我把頭枕在握著手機那隻手的手臂上,正閉上眼想休息一下的同時,彷彿聽見手機的話筒傳來低沉的「喂」的聲音,嚇得原本舒服躺著的我立刻坐起身來,呆滯地盯著手中的智慧型手機。

糟糕!我皺起了眉,看著手機螢幕中正顯示和洪智桓通話的文字。原本想一不做二不休,直接結束通話然後關機,但又覺得這種行爲好像不怎麼有禮貌。我看著手機螢幕,猶豫了幾秒,最後認分地把手機貼近耳邊。

「喂!你好!」我嚥了嚥口水,要說我此刻沒有因爲這個烏龍而尷尬或緊張是騙人的。

「嗯,想必妳是來叮嚀我明天要上課的吧?」對方低低的聲音裡,似乎透露了一點點不悅。

「呃……是,啊!不是!我只是……我……」在我說得呑呑吐吐語無倫次的同時,我發現愈想把一切解釋清楚,愈難好好說完一句話。

「我會去的,如果妳需要向我老爸或是Kevin回報什麼的話,妳可以跟他們說我會去上課。」

「不!不是!」我急忙地辯駁,「我其實……」

「就說了我會去上課，沒其他事的話，我要掛電話了。」

「喔！那，再……」我還沒有把「再見」兩個字說完，對方就掛了電話。留下我在電話這頭，呆呆地望著手機螢幕。

什麼嘛！

手機擱在一旁，我將背靠在牆壁上，閉著眼睛懊惱自己沒事誤觸了手機還撥了號的行爲，然後我開始擔心，剛剛的烏龍，是不是已經搞砸了自己和洪智桓的「工作關係」。

閉上眼睛，我認眞地把剛才和洪智桓的通話想了一遍，他的聲音很好聽，低沉得很有磁性，只是不知怎麼的，我的思緒總不免猜測「他是不是不高興了」。

唉，心裡好像有個聲音悄悄地提醒自己……

這份工作，好像並不是那麼輕鬆愉快了。

8

上課不到半小時，台上的老師已經有好幾次在我眼裡變得模糊。連連的大呵欠也幾乎要耗盡了我剩餘的體力，要不是因爲剛開學，想給老師好印象，平常的我一定會不管三七二十一地趴在桌子上睡一會兒。

我拿起桌上的咖啡，趁老師轉身在白板上寫筆記時吸了一大口，希望具有提神效果的咖啡因，可以驅逐因爲昨晚失眠而精神不濟、呵欠連連的後遺症。

昨天整個夜裡，我想了很多事，原本在想許多關於爸爸媽媽和我之間的無解習題，接著連帶又想到自己所接下的，目前還不知道是福是禍的家教工作。

我發現心裡還是有那麼一點點擔心，一開始，跟老闆通過電話後，老闆的爽朗乾脆著實讓我放心不少，後來，卻又因爲誤觸手機撥給洪智桓的烏龍，再度陷入擔心的泥淖裡。

整個晚上，我的思緒一直停不下來，想的全都是洪智桓在電話中所說的話，以及他冷冷的語氣。

「小競，下節課妳要不要躲去隔壁教室睡一下？」

我看了台上的老師一眼，再看著蜜蜜，小聲地說：「不用啦！」說完，我又補了個大呵欠。

「這樣也不是辦法啊！下午還有課耶！」蜜蜜皺了皺鼻子，「不然妳待會兒趁午休時間睡一下好了。」

「等一下我和洪智桓要討論一點事情。對了！蜜蜜，妳和芷榆去吃午餐的時候，順便幫我買個麵包。」

「沒問題，我們直接去管一二〇教室等妳，不要遲到了，那個老師第一堂課就會點名的。」蜜蜜微微地笑了，比了個「OK」的手勢。

「謝謝，咦？」我看了看四周，動作太大，還引起了台上老師的注意，害得我連忙假裝若無其事地移開和老師對上的目光，低下頭假認眞地翻看桌上的筆記。

幾秒後，看著老師重新進入了他的世界中，我才又認眞地搜索洪智桓的身影。

難道他今天又沒來上課嗎？我隨意地搜尋了一下教室裡的同學，除了同班的同學和系上重修的學長姊之外，我好像就是沒看見洪智桓。何況他那酷酷的小平頭這麼明顯，我怎麼可能沒看見呢？

肯定是又蹺課了，我在心裡悄悄地下了定論。

「小競，妳怎麼動來動去的？」坐在我後面的芷榆湊了過來，小聲地問我。

我還沒回答，蜜蜜已經先幫我回答了，「小競在找她那個寶貝學生。」

「他才不是我的什麼寶貝學生呢！」

「呵！不過這種感覺眞的超妙的，」芷榆用她細細的聲音說：「昨天蜜蜜告訴我這件事的時候，我也滿驚訝的。」

「別說是妳，我自己也很驚訝啊。」我聳聳肩，輕輕地嘆了一口氣。

「同學，有什麼問題嗎？如果有疑問，我希望你們可以舉手發問！」老師停下了原本拿起白板筆的手，目光盯向我，「有什麼問題嗎？」

「沒……沒有。」我看著台上的老師，用力地揮了揮手。教室裡所有人的目光瞬間都集中在我身上。

雖然教室裡超過半數的人都是自己班上的同學，但被老師這樣一問，還是讓人很尷尬，我困窘不安到想找個地洞鑽進去。

「沒有就好，這位同學，妳叫什麼名字？」

爲了表示禮貌，我站起身，「老師，我叫梁雨競。」

「梁雨競？我看看……」老師翻著講台上的選課名單，只花了幾秒時間就找到我的名字，然後拿起筆，像是做了註記的樣子，「下課前我會開個書單，是這學期要用的課本，就麻煩妳負責訂書的工作吧！」

我的媽呀！我偷偷給了蜜蜜一個眼色，但蜜蜜的手在桌子下用力地猛揮。

「有什麼問題嗎？」台上的老師又問，右眉揚得高高的。

「沒有。」原本不小心露出不情願的表情的我，立刻換上呵呵的微笑。根據我跟蜜蜜的默契，我知道她想傳達的是「不可以拒絕、千萬不可以拒絕，否則妳會後悔啊」這樣的訊息。面對台上的老師，我想我應該努力的擠出笑容，努力地不讓他看出我的不情願。

「很好，那就麻煩妳了，希望下星期上課時，課本的事情已經處理好了，最晚下下星期，有任何問題嗎？」

「沒有。」我沒有忘記我該保持的微笑。

「那我們繼續回到剛剛講到的地方……」謝天謝地，老師終於再次拿起白板筆，在白板上繼續抄寫先前沒寫完的題目。

老師終於肯放過我。我坐回椅子上，偷偷地對著蜜蜜拍了拍胸。

「小競，」坐在後面的芷榆湊了過來，用氣聲說：「這個老師是有名的大刀，惹到他，怎麼死的都不知道。」

在老師抄好題目，轉過身來的前一刻，我輕輕地點頭回應芷榆。這個時候，我被包包裡傳來的短暫震動嚇了一跳。

瞄了台上的老師一眼，確定他沒有在注意我，我才小心翼翼地從包包裡拿出手機查看，但並沒有顯示任何訊息或是未接來電。

怪了！是我被老師嚇昏頭，產生錯覺了嗎？不對啊！剛剛的震動這麼明顯，怎麼可能是錯覺？

我帶著滿肚子的納悶，把手機放進包包裡。正準備拉上包包的拉鍊時，我突然想起躺在我包包裡頭的另一支手機。

我帶著疑惑，找到了那支高級手機，按下鍵盤鎖，果真看見一封未閱讀的新訊息顯示。點了進去，我看見傳訊者那一欄顯示了「洪智桓」。

我吸了一口氣，還不忘往台上確認老師沒有在注意我，才按下查看。

「在學生面前出糗的家教老師，面子會掛不住吧！」

看完簡訊的瞬間，一種羞赧尷尬的情緒立刻充滿了我全身。從脖子、耳根再到臉頰的熱脹感，一定讓我的臉紅得不像話。我尷尬又氣惱地再往教室裡的新面孔掃視了一番，但還是沒有看見那個小平頭啊！

「梁同學！」

我看著台上的老師，「是！」死定了！我猜此刻我臉上的笑容一定僵硬得難看。

「有什麼事嗎？」

「沒有。」

「如果妳有其他的事，我特准妳先去處理，如果沒有的話，請妳認真上課，否則我建議妳下星期選課確定之前，趕快退了這堂課。」

「是，老師，我沒有其他的事了，對不起。」我挪動了身子，面對台上的老師端正地坐好。這個時候，我的手機又震動了一下。

「別找了，我就坐在妳這排的最後一個位置，再被老師叫到一次的話，我想妳會被我老爸扣薪水的喔。」

我一隻手握著手機，另一隻手則緊緊地握拳，持續了好幾分鐘。最後，實在嚥不下這口氣，我偷偷瞄了老師一眼後，才按下手機的訊息回覆選項。

「要不是你曠課成習，令人不放心，我需要冒著生命危險確認你到底有沒有來上課嗎？可惡。」

9

直到下課前的五分鐘，當老師正在交代下次上課前要做什麼預習工作時，要拿起筆做些紀錄的我，才發現剛剛回完簡訊後，我一直都沒有放下手機，潛意識中似乎覺得他還會再傳些什麼過來。

下課後，我戰戰兢兢地向老師抄好書單。老師拿了他的公事包離開教室後，我轉過頭，想回到座位準備收拾東西時，看見空無一人的教室，我才想起和洪智桓有約，然後心裡唯一閃過的就是「可惡！偷偷溜走了嗎」的念頭。

我氣急敗壞地坐回我的位置上，拿起剛剛放在桌上的手機，找到通話紀錄打給洪智桓。我的耳朵只聽見話筒裡傳來不到三秒的來電答鈴，接著聽見的就是轉入語音信箱的錄音。

掛電話？

我不自覺地握緊拳頭，然後不敢置信地又撥了一次。這次更狠，連來電答鈴都還沒響起，就直接轉進語音信箱。

把手機放在一旁，我生氣地將桌上的文具及筆記本掃進包包裡，然而很巧地，這時候原本躺在包包裡的我的手機竟微微震動了起來。

看了一眼來電顯示，我吐了一口氣，想稍微轉換自己的情緒，「喂？蜜蜜！」

「小競，要什麼口味的麵包？」我聽見電話那頭很吵，蜜蜜大聲地問我。

「嗯……雜糧麵包好了，謝謝。」

「好，我知道了，你們已經在討論了嗎？」

「沒有。」

「爲什麼？」蜜蜜的聲音飆得高高的。

「別說那傢伙了，我才跟老師抄完書單他就溜了，哼！」我重重地哼了一聲，把昨晚失眠的怨氣，以及此刻被放鴿子的怒氣一股腦兒發洩出來，「昨天還說得多帥氣，根本就是『俗仔』一個，剛剛在簡訊中還威脅我什麼扣薪不扣薪的，結果呢！俗仔、俗仔！下次我……」話說到一半，不知何時走到我面前的人出奇不意地搶了我的手機。

「喂！幹麼搶我的手機？」我生氣地抬起頭，伸手想搶回手機，但因爲身高的關係，對方只是微微地舉起手，就輕易地躲開我的偷襲。

搶我手機的人瞥了我一眼，不！應該說是冷冷地睨了我一眼，然後把手機放在耳邊，「順便幫我多佔一個位置，沒事了，拜拜。」按了結束通話鍵，他露出一副很挑釁的表情，似笑非笑地用兩隻手指頭拿著手機上的吊飾，在我面前晃著我的手機。

「你這個人怎麼這麼莫名其妙啊？眞沒禮貌。」輕輕地哼了一聲，我搶過手機，還故意嫌惡地拍了手機兩下之後，才把手機放進包包裡。

「在別人背後說些惡意中傷的壞話，才沒禮貌吧！」往前走了一步，那個人在我座位前的位置坐了下來。

爲了表示我的嫌惡，我誇張地翻了白眼，「你不了解狀況，你不會懂的，要是你知道那個洪智桓有多欠揍，有多……」邊說，爲了表示我的嫌惡，我還誇張地翻了白眼，最後還吐了吐舌頭。

「有多怎樣？」他接了我的話問我。

「反正他就是……」話說到一半，我抬頭看見眼前那熟悉的雙眼時，我止住了我的話，然後腦袋足足呆滯了好幾秒之久。

眞是的，是因爲身高差距還是因爲太生氣的關係，我剛才怎麼沒有發覺這個人就是……

「你……你是洪智桓？」我瞇起了眼睛看他，暗自在心裡大叫不妙。

他聳聳肩，然後點了點頭。

「你的頭髮不是……」我瞄了一眼他的頭髮，再把目光移回他臉上。

「怎麼？對我的頭髮有意見嗎？還是我有禿頭的跡象？」

「不是……」我抓抓頭，因爲自己的表現感到困窘，「你的頭髮留長啦？」

哎唷！梁雨競，妳怎麼會這麼呆？是昨天睡眠不足連帶智商也降低了嗎？我們女生可以隨意變換髮型，平頭的男生難道就不能有一天把頭髮留長嗎？

我心裡很懊惱，不過爲了避免愈解釋愈糟，我不打算在這個話題上繼續打轉，只是偷瞄了一眼他抓得很有型的頭髮，然後發現這樣的他看起來，一點也不輸給之前的超酷小平頭造型。

別有一番「風味」！

風味？

「還在懷疑我的身分啊？」

「沒有，」我回過神來，搖搖頭，「你剛剛跑去哪裡？」

「中午了，難道不用塡飽肚子嗎？」他挑起了眉，從手裡的塑膠袋中拿了麵包和飲料放在我桌上，然後再從袋子裡拿出另一個麵包，打開包裝，咬了一口。

「謝謝，你吃吧！我託人買了。」

「吃吧！」他揚了揚眉，接著指了指他桌上的塑膠袋，「我買了兩瓶飲料，四個麵包，本來就買了妳的份。」

「喔，謝謝……」爲了表示禮貌，我看著他，誠懇地微微笑，然後才打開了麵包的外袋包裝，但一想到他一定也聽見了我剛剛跟蜜蜜抱怨的那些話時，我發現自己一時之間不知道該怎麼轉換態度，所以決定暫時當作什麼都沒發生。

「現在要討論什麼？」他開了話題。

「喔！」把麵包放在桌上，我擦了擦嘴角的麵包屑，從包包裡拿出一本封面被我寫上「打工加油」的新筆記本，「討論這學期的課表，以及做報告或是準備考試的日期或期間。」

他瞄了筆記本上的字，露出似笑非笑的表情，看著我，翻開第一頁，「哇靠！Kevin連選課單都印給妳了？辦事效率這麼快，眞不愧是我老爸的特助。」

「是啊！我昨晚大致和我想選修的課程對照了一下，你選的課比我多這兩堂必修……」

「嗯，轉學過來要補的必修學分。」

我點點頭表示了解，並且用手指在課表上點呀點，「還有這個通識課，我們選到了不同老師的課，所以猜拳決定誰退選好了。」

「猜拳？」

「輸的人退選，去加選對方的通識。」我舉起了手，握著拳。

「我已經幾百年沒玩這幼稚的遊戲了。」

「我不管，猜拳是最快又最公平的方式。」

「不要。」他說得斬釘截鐵，一副決不可能妥協的樣子。

「洪智桓！」我皺起了眉，看他臉上堅決到不行的表情，我嘆了一口氣，「好，那你退選，加選我這堂，晚上我會按照這個帳號密碼登入選課系統，幫你退選。」

眼見我打算拿出紅筆註記的同時，他突然迅速抽掉了我的筆記本，「怎麼不是妳退選？」

「你不參與比賽，所以就是棄權，」我搶回他手中的筆記本，「棄權的人就請安靜，照理說由我決定。」

「我不能同意。」他認真地看著我，搖了搖頭，還是那個堅決的表情。

「說出你不能同意的理由。」盯著他，我發現他的五官和他爸爸其實有幾分神似，尤其是那種不自覺散發出來的霸氣。不過，爲了談判成功，我刻意忽略他表現出來的霸氣。

他摸摸下巴，「這是妳的工作，既然簽了約就該好好配合。」

「契約上沒有提到一定要我配合你。」拿起麵包，我咬了一口。

「你拿的是我老爸付的薪水，如果我堅持不退選呢？」他揚起了眉。

「所以我就說猜拳最公平。」我再次舉起我的右手，準備猜拳。

「辦不到。」他用低沉的嗓音說著。

看著他固執的樣子，我放下了我握拳準備猜拳的手，「好吧！那我退選。」

「嗯哼。」

我拿起紅筆，在我的選課表上做了「退選」兩個字註記。對我而言，這兩堂課只不過是時段上的差異而已，授課老師是誰根本沒有關係。

「還眞是敬業。」他抿了抿嘴。

「就是工作啊……啊……」話說到一半，我忍不住打了個呵欠，「對不起，你應該沒有其他想修的課了吧？」

「沒了。」

「那選課就這樣確定囉！」把選課單小心地夾進筆記本裡，再把筆記本放進包包，然後想到差點忘了的時間表，「喔！對了！這是時間表，你看一下。」

他看了幾秒，然後皺起眉頭，看起來有點不悅，「每個星期兩天家教時間，考試前基本上一週三天，視情況調整，會不會太誇張了點？」

「一點也不會。」

「妳以爲還是小學生嗎？」

「沒辦法，因爲是轉學生，你這學期要補修的學分比較多，而且我也不知道你的配合度怎麼樣，所以暫時這樣約定。」

「哼！好笑，我不同意。」他斬釘截鐵。

「我不管好不好笑，也不管你同不同意，反正就是這樣了。」

「我爸給妳多少錢？」他輕哼了一聲，帶著一點輕蔑的態度，「我可以付雙倍的錢給妳，這樣，妳不用照契約的約定執行，只要在他查勤時替我掩護一下，妳覺得好不好？」

「……」

「這樣妳輕鬆，我愉快，何樂而不爲？」他嘴角微微上揚了一下，「他到底給妳多少薪水？」

「多到足夠我用的數目，所以對於你的提議，我不會妥協。」

「三倍。」他輕輕地哼了一聲，比了個「三」。

「洪智桓，」我吼了出來，冷冷地說，然後帶著亮出尚方寶劍的心情拿出那支觸控手機，「如果你再繼續說這些話，我立刻打電話給你爸爸。」

「打小報告就對了？」拋出問句之後，他又哼了一聲，一副無動於衷的樣子。

看著他的臉，我知道自己一定又惹毛了他。但於情於理，我覺得我都應該忠於我的工作才對，所以我告訴自己絕對不能妥協。

「隨便你怎麼想。」我解開手機密碼，找到老闆的電話號碼，二話不說地就按下撥打。

「不要太過分。」他瞪了我一眼，手腳俐落地搶過手機，按了結束通話。

「過分的是你，答應了你爸還反悔，虧Kevin還說你一向說到做到。」我撇過臉，「我剛剛還在想好像是我誤會你了，不應該跟蜜蜜說你是『俗仔』的，現在事實證明我根本沒錯。」

「好！衝著妳這句話……」

「衝著我這句話，然後呢？你無異議同意了嗎？」

「是。」他加重了語氣。

「這還差不多。」我攤開手，接過他手中的手機，用很機車的語氣補充，「希望這學期我們合作愉快。」

和洪智桓達成協議後，我們繼續在教室裡討論了一下未來這一學期的家教時間，順便連課程的準備方式等細節，也大致地討論了一番。和他的討論雖然稱不上是愉悅的，但好像因爲他答應配合，我們之間的氣氛並沒有像一開始那麼僵，也沒有先前的針鋒相對。

收好筆記本，我拿起還沒吃完的麵包咬了一口，對著已經吃完麵包的他說：「你先去教室吧！我想吃完再去。」

「沒關係，我等妳。」他邊把飲料的紙盒拆開摺好丟進塑膠袋裡邊說。

「喔……」我又咬了一口。

「妳慢慢吃，還有十分鐘左右不是嗎？」

我瞄了一眼手錶，接著又咬了一口麵包，再拿起飲料吸進一大口，「可是你這樣等我好有壓力。」

「妳慢慢吃，我翻一下選課表。」

「嗯，好，那等我一下。」我點點頭，突然覺得他好像並不像我原本想像的那麼難相處。

「慢慢吃。」

「好，對了，我……咳咳……」話還沒說完，我就因爲嗆到，連咳了好幾聲。

「妳還好吧？」

「還好，沒關……咳咳咳咳……」我又持續咳了好幾聲，在還是不怎麼舒服的情況下，咳嗽一直停不下來，糟糕。

「我幫妳拍一拍。」他皺了皺眉，站了起來，很快地站到我身旁替我拍背。

「沒關……咳……」我側身微彎了腰，又重重地咳了好幾下，試圖把卡在喉嚨某處的麵包咳出來。

他很有耐心地拍著我的背，見我咳嗽的頻率緩下來，才又再次開口，「舒服多了吧？」

「好一點了。」我嚥了嚥口水，擦擦因爲咳得太凶而飆出來的眼淚，還有太陽穴旁冒出的汗水。

「整張臉都脹紅了，確定沒事？」

「嗯，沒事了，謝謝你。」邊說，我邊把還沒吃完的麵包放好，拿起我的包包，

「等一下再吃好了，我們先去教室吧。」

他點點頭，然後看我站起身，他也背起了他的背包，站了起來。

「一起走過去吧！」

「嗯。」

就這樣，我們走出教室，一起往管理學院走去。

我們慢慢地走著，我一方面因爲喉嚨咳得不太舒服，不想講話，另一方面不知道該和他聊些什麼。於是一路上我什麼話也沒說，走在我身邊的他也同樣沒說半句話，和我陷入了尷尬的沉默中。

「喉嚨舒服一點了吧？」踏進管理學院大樓時，他突然冒出一句話。

「好多了，謝謝。」我微微地笑了笑，想起剛剛的失態，心裡其實有點難爲情。

「那就好。」

「對了，你對學校的環境應該還不熟吧？」我轉了個話題。

他聳聳肩，「是啊！」

「還是等會下課，我帶你去熟悉一下環境？」

「不用麻煩了。」

「沒關係啊！」我揮揮手，「反正等會兒我沒有其他的事情，我可以……」

「眞的不用。」他打斷了我的話，而他的直接回絕，好像顯得我很雞婆。

「喔……」

「對我來說，找得到上課的教室就好。」

我點點頭，尷尬地苦笑了一下，「好吧！」

「謝謝妳。」

「不會啦！萬一哪天找不到教室或迷路了，記得打電話問我。」

「嗯，對了，偶爾，我可以蹺課嗎？」他瞥了我一眼。

「原則上不行。」其實我心裡是想回答可以的，在幾乎要把「可以」兩個字說出口時，我想起Kevin說過洪智桓蹺課蹺得凶，於是我忍了下來，立刻改口。

「原則上不行？」他重複了我的話，「所以可以有例外？」

我跟著他停下腳步，抬起頭看他，「只有重感冒、發燒、拉肚子這種不能來上課，請假程序又太麻煩的情況才能稱之爲例外。」

「難道妳大一整整一年都沒蹺過課？」他揚起了眉。

「有。」

「難道妳也是因爲重感冒、發燒、拉肚子不能來上課，又嫌請假手續太麻煩才蹺課的？」

我皺了皺眉，「只有一兩次是這樣。」

「雙重標準。」他冷冷地下了結論。

「如果今天我沒有接這個工作，你一個星期只來上一堂課都與我無關，不過既然我們是……」我抓了抓頭，想了幾秒，「既然我們是工作夥伴，我就有這個責任。」

「我說這位小妹妹，」他哈哈地笑了笑，「妳也未免把這件事看得太嚴重了吧。」

「反正，就是不准無故缺席，」看他眉頭又皺了一下，我趕緊補充，「剛剛你已經答應我無異議配合了，所以不准反悔，不然……我就……」

他輕輕地嘆了一口氣，「妳就要向我爸打小報告對吧？好，如果我眞的沒辦法來上課，一定會先通知妳，這樣總可以了吧？」

我做出「ＯＫ」的手勢，並且給了他一個燦爛的笑容。

「對了，妳叫什麼名字？」他的右眉動了一下。

「梁雨競。」

「梁雨競……」

「班上同學都叫我小競，你也可以這樣叫我。」

他點了點頭，「知道了。」

「你呢？你以前的同學或朋友都怎麼叫你？」

他沉默了一會兒，但沒有回答。

「他們怎麼叫你？」以爲他沒聽清楚我的問題，於是我又問了一次，「智桓嗎？還是阿桓？啊，對啦！我記得Kevin好像叫你阿桓。」我拍拍額頭，自以爲聰明地說。

他笑了笑，「全世界大概只有我爸跟Kevin會私底下叫我阿桓吧！」

私底下？所以言下之意是不管是老闆還是Kevin，也不會在大家面前叫他阿桓囉？

「所以？」

「叫我阿J或J吧。」

11

「蜜蜜，妳剛剛有做筆記嗎？」

「妳又不是第一天認識我，怎麼可能做筆記。」蜜蜜嘟起了嘴。

「我有，待會兒借妳。」芷榆淡淡地笑了笑，及腰的長直髮在夕陽下被微風吹得好夢幻。

「謝謝。」繞過走在我們中間的蜜蜜，我跑到芷榆右手邊，撒嬌地拉著芷榆的手臂晃著，「就知道芷榆最認眞了，嘿嘿，最愛妳了啦。」

「梁雨競同學，妳很噁心耶！」蜜蜜故意吐了吐舌，然後學我拉起了芷榆的手臂，「就知道芷榆最認眞了，愛妳喔！」

「哼，蜜蜜妳才噁心啦！」放開芷榆的手，我往前踏了一步，對蜜蜜扮了個極醜的鬼臉。

「呵！好啦！妳們別鬧了，」芷榆呵呵地笑了，「對了，今天我不跟妳們一起吃晚餐囉！」

「爲什麼？」我和蜜蜜異口同聲，看著芷榆臉上淡淡的甜蜜笑容問：「要和妳那個網友約會？」

「嗯。」芷榆點了點頭，露出了不好意思的害羞表情。

「看來我們芷榆眞的要交男朋友囉！」蜜蜜雙手合十，一副是超期待的樣子，「哪天帶來給我們鑑定鑑定嘛！」

「是啊！好想看看那個讓我們芷榆心動的人的廬山眞面目喔！」

「八字還沒有一撇啦！等確定了一定會帶給妳們看的。」

「一言爲定喔！」蜜蜜曖昧地笑著，「到時候，小競再交個男朋友，我們三個好姊妹出去玩時還可以攜伴參加。」

「對呀！」芷榆笑得很甜，「小競要加油喔！」

「哎唷！再說再說啦！」

「那你們先回去吧！我去圖書館還個書，就要過去他們學校找他吃飯了。」

「OK！」

「拜！」

「眞不知道那個人是何方神聖，竟然能追到我們芷榆這個氣質美女耶！」看芷榆走遠，我笑笑地說。芷榆的身邊從來不乏追求者，可是到目前爲止，沒看芷榆被誰打動過。

「是啊！改天一定要見見那個網友的廬山眞面目。芷榆現在看起來好甜蜜，眞令人羨慕。」蜜蜜看著芷榆的背影，有感而發地說。

「羨慕啊！羨慕應該是孤家寡人的我才有資格說吧！」走進停車場，我很快地找到了蜜蜜的機車。

「哪有！」蜜蜜皺了皺鼻子，「搞不好明天妳就遇到生命中的眞命天子啦！」

「最好是啦！」我反駁了蜜蜜的話，突然想起蜜蜜的男朋友阿漢，「誰像妳和阿漢感情這麼好！」

「哪有！妳沒發現自從我們上大二之後，我和他約會的次數就變少了嗎？」

我想了想，「對耶！可是妳不是說阿漢參加了學治會，有很多活動要忙嗎？」

「沒錯，只是，有時候想起來會有點後悔，早知道他當初問我可不可以參加學治會，我就應該要阻止他才對。」蜜蜜嘟起嘴抱怨，邊尋找包包裡的鑰匙邊說。

「怎麼說？」

「每次打電話給他，不是在忙活動，就是一副累癱了連一句話都沒力氣說的樣子。」蜜蜜拿出車鑰匙，打開了置物箱。

「是喔！」拿出安全帽，我戴在頭上並且扣了扣環，想起也在學治會擔任幹部的同班同學呆呆，「可能才剛開學，迎新活動真的比較忙碌，妳看呆呆他們不是也這樣嗎？」

「唉！忙歸忙，但我希望他不要愛上別的女生。」

「不會吧！」距離我們一百公尺遠處，有兩個女生往我這裡看來，我才發現我驚訝到忘了控制音量，「你們的感情從高中到現在的耶！不會這樣輕易變心吧！」

「誰知道？我的第六感一向很準。」

「蜜蜜，不要亂想啦！」

「我也不想這樣，但阿漢最近真的比較奇怪，」蜜蜜坐上了機車，「上來吧！」

「嗯。」我坐上機車後座，看見後照鏡裡蜜蜜的表情好像真有那麼一點擔心，「蜜蜜，別胡思亂想啦！我相信他忙完之後，你們一定又會像從前一樣甜蜜的。」

「但願囉！」蜜蜜發動引擎，往停車場出口騎去。

而看著後照鏡中蜜蜜擔心的眼神，我暗自希望阿漢眞的只是因爲學治會活動太忙，才會忽略了蜜蜜，減少了和蜜蜜約會的次數。

「不要想太多，要對自己有信心啊！」我輕輕地拍拍蜜蜜的肩。

「最近超愛胡思亂想的，」蜜蜜哈哈笑了兩聲，「如果阿漢喜歡上別的女生，我想我可能會自殺也不一定……」

「蜜蜜！怎麼可以這樣！」我驚訝地喊了出來，「不要這樣亂想，再說，不管是阿漢還是誰，他們愛上別人是他們不懂珍惜，妳都不能有這種想法……」

「小競！哈哈！」蜜蜜從後照鏡瞄了我一眼，原本的認眞表情迅速換上了頑皮的笑臉，「開玩笑的啦！幹麼當眞！」

「蜜蜜……」我皺起了眉，盯著鏡子裡的蜜蜜。

「眞的是開玩笑的！」蜜蜜再強調一次，隨即轉移話題，「對了，阿J人還不錯吧？」

「要先答應我不准亂想，更不准做蠢事喔！」我還是不放心。

「好。」她抿抿嘴，「可以回答我的問題了嗎？中午跟阿J談得還融洽嗎？」

「呃……應該算是吧！不管過程如何，總之，最後他答應跟我配合就是了，咦？不對，妳怎麼知道他叫阿J啊？」

「妳在昏睡的時候，我們和他稍微聊了一下啊！他說他習慣別人這樣叫他。」

我點點頭表示了解，「原來是這樣。」

「小競，我覺得他還滿不錯的。」

「妳才和他聊一下子，就知道他不錯喔？」我皺了皺鼻子。

「我的直覺很準的，而且妳知道嗎？妳剛剛上課一直打瞌睡，我叫了妳好幾次，妳都還提不起精神，我正猶豫著要不要繼續叫妳的時候，他就傳了一張紙條給我，要我讓妳休息一下，不要吵妳。」蜜蜜停頓了一下，然後邊笑邊說：「哈，我記得今天還有人說他是『俗仔』呢！」

「哼，別說了，今天在電話裡跟妳抱怨的話，他好像都聽到了耶。」我想起今天中午遇到他的情景。

「我想他不會跟妳計較的。」

「希望囉！目前我只祈求這學期和他的合作能夠平安順利。從明天起，我的打工生涯就要開始了，還眞有點緊張。」

「不用擔心啦！我覺得他看起來不是難相處的人。」

「是嗎？」

皺著眉，雖然之前我也閃過了這樣的想法，但我還是在心中打了一個大大的問號。

12

應該就是這裡吧！

看著眼前漂亮又高級氣派的大樓，我停下機車，再次確認地址無誤後，才把機車停在路旁，從置物箱裡拿了包包往警衛室走去。

「同學，要找哪位住戶嗎？」距離華麗的鐵製大門還有約莫五、六步的距離，一位年輕而皮膚黝黑的警衛先生就已經從警衛室裡走了出來，很禮貌地問我。

「呃……我要找……等一下喔！」我低頭看了看手中抄了地址的紙，「我要找C棟六樓的……呃……洪智桓。」猶豫了一下，把原本要脫口而出的「J」改成了他的名字。

「喔！妳要找少爺啊！」警衛先生帶著微笑。

「少爺？」我尷尬地笑了笑，沒想到警衛先生是這樣稱呼洪智桓的。

「請妳等一下。」

「好。」

警衛先生熱心地走進警衛室裡，大概查了一下貼在牆上的表，接著拿起電話按了一組號碼，而站在警衛室門外的我，則隨意地看了看這一區的建築，暗自讚嘆這個住宅區裡大樓的華麗。

「不好意思！」

「啊？」我轉過身，看著仍把話筒貼在耳朵上的警衛先生。

「少爺他沒有接電話……」他為難地對著站在外面的我說：「妳進來等好了。」

「嗯。」他十分誠懇，我覺得不太好意思拒絕，於是我走了進去，在沙發椅上坐了下來。

約莫過了一分鐘左右，警衛先生抓了抓頭說：「糟糕，還是沒有接。」

「是喔……」我看了一眼牆上的時鐘，「那我在這裡等一下。」

「嗯，我繼續打好了。」

「警衛先生！沒關係的，你先忙吧！」我指了指桌上一疊為數不少的郵件，猜想他剛剛應該是在處理住戶的信件分類工作。

「可是妳會不會無聊……」他抓了抓頭，手臂上，有一個刺青圖案從短袖袖口露出來。

「不會的，」我隨手拿了一旁的報紙，「我看報紙啊！你忙吧！」

「那……」

「你忙。」從包包裡拿出那支智慧型手機，爲了讓他安心，我還刻意讓我的笑臉看起來更燦爛一點，「差一點忘了，我也可以撥撥看他的手機。」

「嗯。」他轉過身，似乎終於放心下來，背對著我，開始進行信件的分類工作。

不到幾秒，他又熱心地轉身問我，「還是沒有接嗎？」

「轉語音信箱了，沒有開機，我先傳個簡訊。」我苦笑了一下，「其實等一下也沒關係，反正我沒什麼事情。」

「那我忙囉。」

「好啊！」

就這樣，警衛室裡的警衛先生和我，各自做著自己的事，在沉默的小小的空間裡，誰也沒有打擾誰，或影響了誰。

對我來說，這也是很難得的一天，難得我會把當日的報紙看得這麼徹底。

「都分類好了？好快喔！」看著他把分類好的信放進不同樓層的信箱裡，我問。

「是啊！」警衛先生把信件投進信箱，笑咪咪地看著我，「有美女陪我，我的動作當然快囉！」

我揮揮手，不好意思地說：「我還稱不上啦！」

「謙虛、謙虛！」他哈哈地笑了笑，露出了因為嚼檳榔而變紅的牙齒，然後坐在自己的辦公椅上，面對著我，「對了！少爺知道妳要來找他嗎？」

「知道，」我點點頭，隨即又不確定了起來，「如果他沒有忘記的話。」

「如果是原本就跟他約好的，那他就不會忘記，他一向說到做到的。」

「希望囉。」我苦笑了一下，他的話讓我想起Kevin也這麼說過。只是我不免想著，如果他真的不會忘記，那此刻我為什麼會在這裡等他，我們應該正在進行我們的家教時間才對。

「對了，不知道妳找少爺有什麼事情，重不重要啊？」

我思考了幾秒，「我是他同學，這學期開始，負責……」

他突然「啊」了一聲，打斷我的話，然後拍拍額頭，「對喔！」

「怎麼了？」

「我竟然會忘了這件事，妳就是那位梁同學吧？」

「嗯……你怎麼知道？」我滿肚子驚訝與錯愕。

「因為Kevin特別交代過啊！」他哈哈地笑著，再度露出紅紅的牙齒，帶著歉意說：

「不好意思，剛剛一時沒有想到，哎呀！我怎麼會忘了。」

「什麼意思？」

「幾天前，Kevin就交代過我了。」他帶著不好意思的微笑，從辦公桌的抽屜拿出鑰匙後走到我面前，「這是電梯的磁卡，而這個就是少爺住處的鑰匙。」

「啊……」

「Kevin說這是老闆的意思，以後的家教時間，妳自己上樓無妨。」

我抬頭看著警衛先生，「算了啦！不用啦。」

「妳不收下的話，我沒辦法對老闆交代喔！」

「可是……」

「我這個工作，對我來說是得來不易的，可別害我被老闆炒魷魚。」他笑笑的，硬是把鑰匙放在我手中。

「好吧！」我把鑰匙放進包包裡，「不過這次我還是在這裡等一下好了。」

「嗯。」他像卸下了心頭的大石般呼了一大口氣，在椅子上坐下來，「其實我剛剛說老闆會炒我魷魚，是開玩笑的啦！」

「啊？」我看了他一眼，對於他剛才所說的話，我並沒有太多解讀。

「老闆他不是這麼不講情理的人，而且對我們這些兄弟是情深義重的。」

我點點頭，「所以這份警衛工作也是老闆介紹的嗎？」

「哈哈！不是的，」警衛先生揮揮手，「爲了讓我們有個正當工作，最近幾年老闆投資了幾個事業，除了建設公司之外，像我現在工作的保全公司，老闆就是持有股份的大股東啊！不然像我這樣的人，要找工作談何容易！」

我笑了笑，輕輕地應了聲。

「要不是老闆，我現在可能連個住的地方都沒有，」他邊說，邊從褲子的口袋裡拿出黑色皮夾，抽出放在裡面的一張照片，遞給我，「對了！給妳看我老婆和小女兒的照片吧。」

「你小女兒好可愛，老婆也是美女耶。」像是感染了他的喜悅，我的嘴角不自覺地上揚著。

「下次介紹你們認識，他們有時候會過來這裡陪我。」

「是喔！說不定下次就遇到了呢！」我看著洋溢著幸福氣息的照片，「看起來好幸福喔！」

「是啊！幸好有老闆、有J哥……啊！是少爺啦！偶爾還是改不過來。」他尷尬地笑了笑。我又想起了Kevin說過，老闆規定底下的人不准叫J什麼什麼哥。

「沒關係，」我揮揮手，「我會替你保密的，你剛剛說幸好有他們怎麼樣？」

「幸好有他們幫忙，」原本掛在他臉上的幸福笑容，好像突然閃過了一些黯淡，「以前我不懂事啦！好的不學，就愛學吸毒啦那些有的沒的，如果沒有老闆和少爺的幫忙，我也不會有這麼幸福的家庭。」

「老闆他……」

「老闆最痛恨人家吸毒了，他堅持要我去戒毒，這之中還有很多曲折啦！不過後來，當我決定戒毒時，在勒戒所的這段期間，都是老闆派人照顧我老婆跟孩子的。」

我點了點頭，「那J他……」

「我老婆說，我不在的這段期間，很多上門找麻煩的仇家，幾乎都是少爺去擺平的。」

「是因爲老闆的吩咐嗎？」不知怎麼的，我發現自己心中突然燃起了一點點莫名的好奇。

「或多或少，不過，堂堂一個有錢人家的大少爺，也沒必要親自處理這些事情吧。」他咳了咳，「反正……」他好像還想說什麼，不過卻被我的手機鈴聲打斷了。

「不好意思，」我看著手機的來電顯示，「是J打的。」

「喔！」他比個手勢，示意要我快接。

「喂？是，好，我現在要上去了。」

看我快快地結束通話，他揮揮手，「有機會再聊！」

我將照片遞還給他，「下次再聊，我先上去了。」

13

「進來吧！」J打開門，對我簡短地說完這三個字後，便轉身走了進去。

「嗯。」把鞋子放在門口的鞋架後，我跟著他走進屋內，並且在很有設計感的沙發上坐了下來。

「我先洗把臉，妳等我一下。」他拿起電視遙控器，打開液晶電視，然後將遙控器遞給我。

「好。」接過遙控器，我選了一個音樂台，趁著等他的空檔，隨意看了看屋子裡的擺設。

一踏進屋子裡，我的第一個感受就是「驚艷」兩個字，一方面是因爲我很喜歡這種簡約風格，不自覺地就被屋內的設計吸引，另一方面則是因爲我幾乎沒有想到，像J這樣的男孩，竟然也會特別花費心思在居住空間這一塊上面。

「怎麼啦？屋子裡有什麼不對嗎？」走到我面前，他邊用一條淡黃色的浴巾擦拭著自己還沾了水珠的臉邊問我。

「喔……沒有，」像偷窺狂被逮了個正著的感覺，我苦笑了一下，「只是覺得屋裡的設計很特別。」

「妳喜歡嗎?」

「嗯,是啊!我喜歡這種風格的設計。」

他把浴巾披在肩上,坐了下來,帶著淡淡的笑意,「下次妳遇到我爸,記得把這些話告訴他。」

「什麼意思?」

「當初在裝潢時,他還不怎麼滿意,一年難得來個一兩次,每次來都一定要東唸一句西唸一句才爽。」

「是喔……」我也笑了,「其實設計這種東西,每個人的喜好本來就不同。」

「說得好,」他哈哈地笑了笑,接著站起身,打開冰箱,「妳要喝什麼飲料?茶,還是咖啡?」

「咖啡好了,謝謝。」

「來,給妳。」他體貼地替我拉開了拉環,把咖啡遞給我,然後在原來的位置坐了下來,再打開自己的咖啡,喝了一口,「妳在樓下等多久了?」

回答他的問題前,我反射性地瞄了一眼牆上的時鐘,發現離剛剛我到達的時間已經過了將近一個半小時。不過不知怎麼的,在回答時,我卻選擇了避重就輕,「不是很久，我剛剛在警衛室還跟警衛先生聊了一下。對了，他都叫你少爺啊？」

他聳聳肩，一臉的無奈，「我老爸不准他們叫我少爺，要他們叫我的名字就好，但也不知怎麼搞的，他們竟給我左一句少爺右一句少爺的。」

我笑了。

「對了，阿修沒對妳亂開玩笑吧？」

「沒，他還拿了他太太和孩子的照片給我看，也提到了從前你……」

「我怎樣？」他揚起了眉。

「沒怎樣啊！只是隨便聊聊而已。」

「好啊！說我的是非，」他點點頭，突然收起笑容，「等一下看我怎麼修理他，遇到女生就什麼話都說出來了，一點也……」

「沒有啦！他沒有說什麼，你不要誤會，」我急急地揮揮手，看他仍是一副要找警衛先生算帳的樣子，於是我抓住了他的手臂，「J，他眞的沒有說什麼啦！眞的不要誤會，他只是說你很照顧他們而已，他……」

我的話還沒說完，他便哈哈地大笑了好幾聲，然後盯著我看，「妳那麼緊張幹麼？」

「我哪有緊張，你不要找他麻煩啦……我只是，他只是……」因爲尷尬，我急忙低下頭避開他的眼神，沒料到卻看見自己正抓著他手臂的手。我又立刻羞赧地將手放開，趕緊挪動身子，把視線移向電視螢幕，不知何時，節目上已經換成一位男偶像歌手在演唱。

「放心，我是開玩笑的，我很清楚他的爲人，」他邊說邊站起了身，語氣裡似乎還帶著笑意，「再說，公司裡的每一份子都是一家人，絕對不會爲了這種小事傷感情。」

看了他一眼，我發現自己好像因爲他眼神裡的誠懇而放心了不少。不過，爲了結束這個尷尬，我立刻轉移話題，拿起一旁的包包，「對了，以後是在那裡上課嗎？」我指了指靠近陽台獨立出來的小隔間。

「嗯。」他又喝了一大口咖啡，再次揚起眉，「這樣的打工環境，應該還滿意吧？」

「還不錯啊，」背起包包，我也站起身，「不過鐘點費我不會因此打折的喔！」

「放心，我家老子很慷慨的。」說完，他又笑了，甚至像先前一樣發出了哈哈的爽朗笑聲。

我發現，好像眞的被蜜蜜說中了……

眼前的這個人，應該不是個難相處的傢伙。

14

「這本行事曆給你。」我從包包裡拿出一本有彩色插圖的行事曆，交給坐在我身邊，和我只隔著一個桌面的直角的洪智桓面前。

「喔，謝謝。」他接了過去，把行事曆的厚紙板立了起來，形成立體的三角型。

「以後有什麼事情，我們就記在這裡，像是要交報告，或是要考試什麼的。」

他點點頭，沒有回答，看不出有什麼想法地盯著手中的行事曆。

「怎麼了嗎？」

他翻了兩、三頁，「學校的課程也還沒眞正開始，妳就已經規畫到期末考了，大學生活……」把行事曆放下後，他輕笑了一聲，「有人把大學生活過得這麼嚴肅嗎？」

「我只是把一些比較重要的事情先寫上去而已，而且這些都是老師訂出來的時間啊。」

「搞得像有升學壓力一樣緊張。」

看著他臉上冷冷的表情，我試著深呼吸幾次，讓自己有時間來調整心情，並且選擇該用什麼樣的態度來回應。停頓了幾秒之後，爲了以後的合作順利，我決定吞下差點脫口而出要硬碰硬的反駁，換個比較平和的方式，「對喔……還真的忘了，那先問你，你應該還沒逛過學校附近熱鬧的地方吧？」

「……」他沒有說話，只是微揚了左眉。

「借我一下。」我伸出手。

「怎樣？」他納悶地看著我，但還是把行事曆遞了過來。

「拿給我就是了。」我抿抿嘴，拿起筆在行事曆上做了補充，「好了。」

「嗯……」他一樣納悶地拿回我手中的行事曆，看了看。

「如果這些休閒活動還不夠的話，我隨時可以再加上去。」我笑著說。

「校園環境認識？」他又動了動他的眉，然後翻翻手中的行事曆，說話的語調高高地揚起，「耶誕舞會？夜市之旅？」

「是啊！考完期中考那週還有看夜景之旅，另外呢！班上通常一學期會辦個兩、三次聯誼，這樣的大學生活，應該夠多采多姿了。」我沒有忘記掛著微笑。

「我對這種小孩子的活動沒什麼興趣，尤其是聯誼。」他哼了一聲，好像有一種不屑的感覺。

「那有什麼關係，搞不好參加過一次，就會發現其實很……」

「到底要怎麼樣，妳才會打退堂鼓？」他打斷了我的話，而且很斬釘截鐵地拋出了與原先的話題風馬牛不相及的問句。

「你是指對這個工作嗎？」我吸了一口氣。

「嗯。」

「我和老闆簽了約，所以不會輕易放棄的。」

「簽約不是重點，妳應該也清楚，我家老子根本不會爲難妳。」他雙手交握在胸前，身子微微往後，將背靠在椅背上。

「我知道，只是對目前的我來說，我不會，也不能隨便放棄這個機會。」

「爲什麼？」他瞇起了眼。

「也沒有爲什麼，」不想提到和爸媽之間的不愉快，所以我故作輕鬆地帶開了話題，「反正就是覺得簽了約，至少要堅持一下，我知道你也很不願意，但我記得你已經答應會奉陪到底吧？」

他點了點頭，又問我，「但如果是妳主動放棄，是不是就另當別論？」

「當然，不過我可以把話說在前頭，我是絕對不會放棄的。」

「很好，儘管我根本不覺得我需要什麼家教，但爲了不讓我爸失望，表面上我絕不會違背他的，」他哈哈地笑了兩聲，「所以換句話說，我也許就會想辦法讓妳主動放棄。」

「就像你嚇跑了之前的家教一樣？」正巧迎上他的深邃眼神，於是我刻意移開目光，「我覺得這種行爲很幼稚。」

「隨便妳怎麼想。」

「但你明明就答應老闆了。」

「別擴張解釋，我只是答應他轉學而已。」

「好，不管你答應老闆的是哪一部分，但既然你已經答應過我會好好配合，不缺曠課、不缺交報告、認眞考試等等的基本要求了，那麼你都會辦到吧？」他的態度還眞讓我有點擔心，我覺得應該把話說得明白一點。

「我盡量。」

「那就好，開始上課吧！」我打開那本封面寫著「打工加油」的筆記本，不忘在心裡偷偷地幫自己加油。

15

一個多小時前，我才悄悄地覺得蜜蜜說得一點也沒錯，甚至對J下了個「眼前這個人，應該不是個難相處的傢伙」這樣的定論，但才過了一個多小時，此刻趴在厚厚強化玻璃桌面上，眼皮幾乎快闔上的我，眞的很想收回這樣的想法。

我和J結束了先前的那場對話，從他口中得到絕對不會耍賤招的承諾。在我說完那句「開始上課吧」之後，才翻開我的筆記本不到兩分鐘，客廳裡，他的手機就已經不識相地響了兩次。

手機第一次響起，是在我規定上課時間與規則的時候。他愣了一下，毫不猶豫地說「沒關係，不用理它」。第二次，手機再度響起，他禮貌地先徵得我的同意，才起身走到客廳，打算將手機關機時，我心裡確實有一點因爲他對家教時間的重視而微微地感到開心。

只是，這樣的開心並沒有維持多久，他走到客廳拿起手機時，原本已經停歇的手機鈴聲，又再次熱鬧地響起。

咦？這次響起的，是與前兩通不同的鈴聲呢……

我的腦子才剛閃過這樣的念頭，拿著手機的他正巧瞥了我一眼。原以爲他會乾脆地按掉手機，但我眼睜睜地看他將手機放在耳邊，連個「喂」都沒有，毫不猶豫地說了「我馬上過去」之後，便結束通話。

然後，他就離開了。只丟下一句「抱歉，我臨時有事」。

我瞄了一眼牆上的時鐘，疲倦地打了不知道是今天下午第幾號的大呵欠，發現這樣枯等下去不是辦法，於是拿出那支工作專用的手機，從通話紀錄中找到了他的名字。

嘟……

嘟嘟……

「喂！」響到第三聲時，話筒傳來了他的聲音。

「你到底……」

「妳不會還在我家等我吧？」我還沒說完，他的聲音就打斷了我的話。

「我……」

「不可能吧？」不知道是不是我多想，但我覺得他那低沉的嗓音裡似乎藏著一絲絲詫異以及一種奇怪的語氣，而那種語氣讓我覺得，要是承認了還在他家，就等於承認自己的愚蠢根本到了無可救藥的地步。

於是，原本想說「我當然還在你家」的這句話，硬生生地被我吞了回去。

「我又不是笨蛋，」爲了逼眞，我還重重地哼了一聲，「我早就回到我住的地方，舒服地睡了一覺了！對了，你可別以爲這樣就逃過一劫了，明天補課。」

「補課？我明天沒空。」

「容不得你，總之就是明天補課，如果明天同一時間你又不在的話，當心我……」

「又想告訴我老爸了？」

「是的。」

「梁雨競，妳眞不是普通的……」牆上的時鐘正巧湊熱鬧地發出了清脆的報時聲響，於是他「哈」地笑一聲，接著試探性地問我，「妳明明還在我家吧？」

糟糕！我皺著眉瞪了一眼牆上的時鐘，暗自咒罵怎麼連時鐘都幫著他的主人欺負我，「就跟你說我已經睡了一場舒服的午覺，怎麼可能還在你家？」

「是嗎？」

「當然，我又不是笨蛋，你想我會笨到在你家等你嗎？」我故意假裝理直氣壯的。

「剛剛那個報時聲……」他的話還沒說完，很明顯地是因爲電話那頭細細的女人聲音打斷了他和我的對話。接著他停頓了約莫兩秒，才再次開口，「算了，我要掛電話了。」

「喂！等一下！」我喊了出來。

「嗯？」話筒裡他的聲音由遠變近，應該是把手機再度貼近耳邊的關係。

「明天補課。」

「跟妳說了明天不行。」

「我不管。」

「……」他沒有說話，但我從話筒裡聽到他輕輕的呼氣聲。

「就這麼說定了。」看他還是沒有回答，我繼續追問，「你聽見了嗎?就這麼說定囉!」

「嗯。」

「好，沒事了!拜拜。」看著手機螢幕顯示通話已結束，我收好手機，順便把桌上的筆記本一起掃進包包裡。

離開時，我把寫了明天補課四個字的螢光綠色便利貼貼在桌上，而且沒有忘記畫上一個極醜的豬頭。

16

「回來囉!」我提著兩個便當，在住處門外一邊尋找放在包包裡的鑰匙，一邊往裡頭喊著。

「小競，回來了喔!我來開門。」聽見我的呼喊，體貼的芷榆果然很快來到門口，替我開了門，還接過我手中的便當與飲料。

「芷榆，謝謝妳。」

「該說謝謝的是我，妳特地幫我買晚餐耶!」芷榆露出甜甜的笑，把我們的晚餐提了進去。

「只是順路，妳先吃沒關係，我去洗把臉。」把包包丟在一旁，我直接衝進浴室洗臉。出來時，芷榆已經貼心地把便當附上的紫菜蛋花湯分別倒在兩個碗裡。

「快來吃吧！」

「嗯，謝謝。」在茶几前的塑膠巧拼上坐了下來，我迫不及待地打開便當，咬了一口超大片的碳烤排骨，「對了，蜜蜜去約會啦？」

「是啊！一個小時前出去的，阿漢約蜜蜜去看電影。」芷榆專注地用筷子把便當裡的排骨小心剁成一小塊一小塊之後，才把其中一塊放進嘴裡。

「是喔！哼，這個蜜蜜啊！就愛胡思亂想，最近還在嚷嚷阿漢可能移情別戀了呢！」

芷榆微微地笑了笑，還不忘優雅地用面紙擦了擦她的嘴，「他們交往那麼久了，蜜蜜還會擔心這個啊！」

「對啊！大概是因爲不同校，而且阿漢這學期又參加了學治會，比較沒有時間的關係吧！」我聳聳肩，「咦？倒是芷榆妳，今天怎麼沒有跟那個神祕網友出去玩？」

被我這麼一說，芷榆臉上似乎閃過了一絲絲害羞的表情，她甜蜜地笑了笑，「他這幾天有個報告要趕，所以我想說……想說……」

「想說讓他好好趕報告，不要吵他對不對？」我接了芷榆的話，根據我對芷榆的了解，我猜她一定是這麼想的。

在我的認知裡，芷榆就是這麼一個善解人意又體貼的女孩。

我不禁想著，如果有一天，我也談起了一段戀愛，我是不是也能像芷榆這樣體貼懂事？還是我會整天吵著要對方陪我？

「嗯。」

「能追到芷榆的人，眞是個幸福的男孩子耶！」我夾起二分之一的滷蛋咬了一口，「對了，一直都沒有向妳確認過，這位神祕網友……應該已經算是男朋友了吧？」

「我們……」芷榆害羞地低下頭，臉上那種「正在戀愛中」的微笑其實已經洩漏了答案，「應該……算是吧。」

「眞的啊？」像感染了芷榆的開心，我興奮地放下筷子，用面紙擦了擦油膩膩的嘴唇，「所以現在芷榆是名草有主囉！」

芷榆臉上依然漾著笑，輕輕地點了點頭。

「那改天請他一起過來啦！一起煮東西吃啊！我和蜜蜜都超想看這位神祕網友的廬山眞面目耶。」我拉著芷榆的手。

「嗯，請蜜蜜也邀阿漢一起過來，我們一起煮東西吃。」

「好啊！」雖然沒見過這位神祕網友，但我腦海裡已經開始構思起一幅大家歡聚一堂的畫面，「咦？芷榆也沒看過阿漢對吧！」

芷榆點點頭，「嗯，阿漢來過家裡幾次，我都正好沒遇到過。」

「呵呵，那趕快來安排一下，除了慶祝芷榆交男朋友之外，順便來個相見歡。」

「下次我再跟他說說看。」芷榆笑著，拿起了筷子。

「那我們要好好計畫一下，開個小party。」我也拿起筷子，繼續解決我眼前那塊香噴噴的碳烤排骨。

「對了，今天的家教還順利嗎？」

我嘆了一口氣，「不順利，所以明天要補課。」

「補課？妳不是出去一個下午了嗎？」

我把今天的經過大致說了一次，說完，又不自覺地嘆了一口氣，一吐我心中的無奈感。

「所以妳就在他家等了他一個下午？」

我抿抿嘴，「嗯，雖然我騙他說我早就回家睡了一覺。」

「爲什麼要騙他？」

我搖搖頭，「不知道，承認自己還在等他好像有點呆，我實在……嗯？」

聽見手機鈴聲，我停頓了一下，「我接一下電話。」

「嗯。」

我拿出打工專用的手機，先看了一眼來電者，「喂，Kevin啊！」

「上課的第一天，一切還順利吧？」對方沉沉的聲音。

「啊……」

也許以爲我的猶豫是由於沒聽清楚或是收訊不良，電話那頭的Kevin再問了一次，「今天的家教，還順利嗎？」

「嗯，還算順利，啊……其實……」

「其實什麼？」

「這……」我皺起了眉，看了芷榆一眼，發現自己的心在誠實與說謊之間交戰，「其實家教原本可以順利進行，只是他突然好像有急事……」

「這小子！」我耳邊聽見Kevin的聲音，音量變大了些。

「呃，Kevin，我們已經說好明天要補課了，而且他是徵得我同意之後才……嗯，說起來其實我……總之，」我吸了一口氣，發現自己一直吞吞吐吐的，「請你不要向老闆報告這件事情，可以嗎？」

「理由是？」

理由?對啊!理由是什麼?

我抓了抓頭,思考了一下,「我想,要是這種情況再發生的話,再告訴老闆好了,何況,我不想一開始就破壞了和J之間的關係,可以嗎?」

老天爺,求您讓Kevin答應好嗎?

「好,這個我可以答應妳,不過如果再有下次,我希望妳不要替他隱瞞。」

「謝謝你。」也……謝謝老天爺,立刻讓我的祈求奏效。

「就這樣了,老闆那邊我會幫妳跟他說。」

「麻煩你了,拜拜。」掛斷電話,我放下手機,著實鬆了一口氣。

「是那位特助嗎?」

「是啊!」

「爲什麼不讓他告訴老闆啊?這樣也許J以後就不敢這麼怠慢了。」

我看著芷榆眼裡的好奇,然後發現我也愈來愈搞不懂自己到底在想什麼,「也許,只是單純地想維持和他之間的和平吧!何況,我也不想因爲這種小事就被J認定我愛打小報告啊!雖然我常常用這個來威脅他。」

「也有道理,」芷榆嘟著嘴點了點頭,「之後,要是這種情況愈來愈嚴重再報告也不遲,快吃吧。」

「嗯，好。」我拿起筷子，望著眼前好像再也提不起我任何食慾的排骨便當，應付似地把剩下四分之一的滷蛋吃掉。

17

盯著緊閉的門，要不是警衛先生說J昨天很晚的時候有回來，而且堅稱今天他完全沒出門，否則我眞的會懷疑他根本不在屋子裡。

我瞄了一眼手錶，門始終沒有開啓，我的懷疑與不耐煩愈滾愈大。我懷疑他根本沒有把昨天電話裡說今天要補課的事放在心上，那麼我現在就根本是在空等。另外，我很不耐煩昨天已經像個呆子等了他將近兩小時，此刻還又像個笨蛋面對這扇門足足二十三分鐘之久，而且門一直沒有開啓的跡象。

其實有好幾次，我眞想拿出昨天警衛先生交給我之後，就被我一直塞在包包裡的鑰匙。只是，一想到這樣開門走進去好像太唐突了，就又打消這樣的念頭。

我來回踱步，決定繼續按門鈴，而當我伸出手時，這扇讓我等得快發瘋的門終於開啓。

「妳來啦。」J終於打開門，邊打呵欠邊對門外的我說。

「嗯，請問我可以進去了嗎？」

「請進。」

「謝謝。」把鞋子脫在玄關的鞋櫃旁，我很努力地忽略J臉上的疲倦，因為我發現要是多看幾秒他臉上那種累死了的表情，我心裡會更不平。我在門口等了這麼久，結果他竟然還一副沒睡飽的樣子。

「妳可以再等我一下嗎？我先洗把臉。」

「嗯，我先去書房。」我點點頭，沒有正眼看他。

「對了，妳今天要喝咖啡嗎？」走進浴室前，他停下腳步問我。

「不用，你快去洗臉吧！」放下包包，我煩躁地坐了下來。昨天貼在桌上的螢光綠色便利貼已經被貼在行事曆上面，而便利貼上的豬頭彷彿正對著滿肚子怨氣的我微笑。

「看起來妳今天心情不怎麼好。」五分鐘後，他拿了兩罐罐裝咖啡，將一罐放在旁邊，拉開另一罐的拉環，喝了一口。

「誰說的？我今天心情很好。」我依然沒有正眼看他，甚至假裝忙碌地把今天要用到的資料一個一個擺在桌上。

「是嗎？」他不以為然地瞇起眼，繼續喝了一大口他的咖啡。

「請問可以開始上課了嗎？」

他點點頭，拿了原本就擺在一旁的書，「那就開始上課吧！」

「這個是我去圖書館借來的參考資料，明天通識課要討論，」我把書推到他面前，「貼上標籤的地方，是老師上週說要討論的重點，我問過我學長，他說，依照這個老師的慣例，鐵定會要我們在明天晚上十二點之前mail一份兩千字的心得報告給他。」

「也太趕了吧？」他揚起了眉，「要操死學生就對了？」

「總之，你晚上有空的話，就把我貼上標籤的地方看一下，可以的話，也順便先打一些心得吧！」

他隨意翻了翻眼前的資料，「謝謝妳。」

不知怎麼的，大概是因爲等太久的怨氣還沒有從心頭消去，我連「不客氣」三個字都說不出口，只能以面對工作的嚴肅態度面對他，「應該沒問題吧？」

「嗯。」

「請你盡量寫，明天上課時我們把心得修一下，然後就可以寄給老師了。」

「搞不好老師這學期突然改變他收報告的方式。」

「是有可能，但也有可能只是改變了慣例，不是十二點前截止收件，而是要我們現場交一份。」雖然不喜歡這樣，但我發現此刻自己根本是爲反駁而反駁，像隻討厭的刺蝟。

洪智桓先是看了我幾秒，最後點點頭，並沒有再多說什麼，拿了咖啡一飲而盡，然後把空罐子擺回桌上時還發出清脆的撞擊聲，「對了，明天也有家教？」

「是啊！連續上三天課，一定覺得很煩吧？」我一樣維持我嚴肅到不行的態度，拿起行事曆，認眞地做了註記，「下週三下午的家教，我們到附近海邊走一趟。」

「嗯？」他瞥了一眼我手中的行事曆，「是那堂生態學的通識課？」

「嗯，是大一的必修課，一定要拿的學分。這個老師的課很好過，只是他很要求在書面報告裡能夠看見學生特地拍的照片，所以必須去一趟。」

「大一的必修課？所以……」他摸摸下巴，「妳已經修過這堂課了？」

「還因爲附了照片的關係得到高分。」

「那直接存妳的檔案改一改不就好了？」

「我也想這麼做，只是很抱歉，我的電腦在大一寒假時整個大中毒，只救回了部分的資料。」我冷冷的。

「妳是故意這麼說的嗎？」他揚起了眉，雙手在胸前交叉，將背靠在椅背上看著我。

「不是。」

「梁雨競……」他嘆了一口氣，沉默幾秒後，原本轉向一邊的臉終於面對著我，重新開口，「妳在生我的氣吧？」

他的問題，讓不知道該怎麼回答的我選擇了沉默。我看著他等待我回答的臉，眞的不知道該給肯定或是否定的答案。

我應該大聲地說「是的，我就是在生氣」，還是矢口否認到底？我應該在此刻表達我的不高興，還是什麼也別提？

「是在生我的氣對吧？」他又確認了一次，然後同樣嘆了氣，有點沉的那種。

「你想太多了，我只是覺得，就算我的檔案沒有遺失也不必這樣，反正到戶外走走也可以放鬆一下，所以……」

他伸手取下行事曆上的螢光綠便利貼，「其實昨天妳一直在這裡等我，直到妳打電話給我都還沒有離開，對不對？」

我皺了皺眉，「就跟你說我早已經回家睡一覺了。」

「我在電話裡聽到的報時聲已經很明顯了，何況我向阿修確認過。」

「我……」

「昨天的事我很抱歉，因爲打電話來的人對我來說眞的很重要，我必須趕過去才行。」

我想起了昨天電話中的女人聲音，那聲音細細的很好聽，「是你女朋友嗎？」

「現在不是了，不過曾經……算是吧。」

沒料到他會這麼坦白。一時之間我不知道該回應什麼，只好回到先前的話題，「對了，下週三下午我多修了一堂外系的課，我大概三點半左右到樓下等你。」

「好。」

「希望你不要忘記或是睡過頭，因爲到那裡還需要四十分鐘左右的時間，再晚的話怕拍不到好照片，可以嗎？」

「可以。」

「希望能夠準時看到你。」

「嗯。」

18

梁雨競……妳這個一點也不可愛的刺蝟，爲什麼不願意乾脆一點把不開心說出來，爲什麼既然不想提，卻又要用這種連自己都不喜歡的方式和J說話？

拉開安全帽的透明面罩，我以時速三十的速度慢慢往住處前進。傍晚徐徐的微風吹在臉上，我希望自己可以不要再去想剛剛和J交談的經過。

然而，愈是叫自己不要去想，我的腦袋就愈是浮現剛剛和他相處的一切，包括他的表情、他說的話，以及他問我是不是還在生氣時嘆氣的樣子。這全部的全部，都不斷地提醒我，自己簡直是個討人厭的刺蝟。

心裡對他的不滿確確實實存在，可是更多的情緒是起因於自己沒有勇氣大聲說出自己的不開心。

其實我當下眞的很想大聲說出自己的不滿，很想大聲抱怨他不準時的行爲，大聲要求他多重視家教時間一點，甚至好想大聲告訴他，我昨天就是像個笨蛋在他的住處等了他好久。只是不知怎麼的，我卻選擇忍耐，倔強地什麼都不說，然後任性地把這種種委屈與不開心，化成一種冷漠而且略顯尖酸的態度面對他，一種連我自己都不喜歡也不苟同的態度。

擠了滿腦子的思緒，我漫不經心地慢慢騎，迎著前方只剩下半張臉但仍有些刺眼的夕陽前進，直到被一輛滿載了砂石的大卡車喇叭聲嚇著，我才發現我已經幾乎騎到快車道上去了。

被刺耳而且分貝極大的喇叭聲嚇到，我在驚魂未定中，趕緊安分地騎回慢車道，卻沒想到又被後方想切進快車道的轎車連按了幾聲喇叭，最後我只好先暫停在路邊，藉此緩和一下過快的心跳。正當我把雙腳放在地面，一部車速飛快的跑車就從我左側開了過去，然後發出了尖銳的煞車聲，停在離我不到五十公尺的前方。

我皺著眉頭，心裡忍不住抱怨現在的人開車太沒品，有一個熟悉的身影從前方那部閃著雙黃燈的跑車上走了下來，往我的方向走來……

「騎車這麼不專心。」他很快走到我面前。

「哪有。」

「現在這個時段車流量很大，妳騎這麼慢，還騎在快車道上，太危險了吧！」

「我只是在想事情，一個閃神就……」話說到一半，我突然覺得自己的辯解有點愚蠢。

他抿抿嘴，二話不說地走到我身邊，轉動鑰匙孔的鑰匙，將機車熄火後抽了起來。

「你要幹麼？」我納悶地看著他。

「我載妳回去。」

「我自己回去就好了，鑰匙還我。」我伸出右手，掌心朝上。

「我載妳。」

「你到底是怎樣啊？」我氣極敗壞地抓住他的手，想搶回鑰匙。

「我老子只給妳鐘點費，並沒有幫妳保平安險吧？妳剛剛這樣搏命演出怎麼行。」

「這是關心嗎？」我停下了搶鑰匙的手，抬起頭直直望著他。

「沒錯。」他咳了咳，「而且我很擔心這附近的交通被妳打亂。馬路如虎口，交通安全是很重要的，所以我載妳回去。」

「我總不能把車子停在這裡吧？」我翻了翻白眼。

「那不是問題。」

「哼，鑰匙還我。」我再次攤開手心。

他看著我，對我的請求無動於衷，只是從口袋拿出他的手機，按了幾個按鍵後，把手機貼近耳朵，「喂！小豪，不管你在哪裡，半小時內立刻到我住的地方找阿修拿鑰匙，幫我把我朋友的機車騎回她家。」J停頓了幾秒，我猜是對方問了些什麼的緣故，「我會把地址抄給阿修，你找他就對了，就這樣。」

他一交代完，便結束了通話，收了手機之後看著我，「走，我載妳回去。」

「你這個人眞是莫名其妙。」我小聲地抱怨。

他聳聳肩，「走吧！我們必須先把鑰匙拿給阿修。」

說完，他便往自己的車子走去，在後頭的我只好跟著他往前走。

19

「明明我可以自己騎回去，卻要麻煩你朋友，好像不怎麼好。」坐在副駕駛座上，我把目光放在前方。

「放心，這只是小事。」

「我住的地方還要繼續往前走。」看他在停紅燈前，俐落地將車子開到內側車道，還打了左轉方向燈，我指了指前方說。

「我知道，」他撇過臉，看了我一眼，「已經差不多是晚餐時間了，妳要是不介意的話，一起去吃個晚餐怎麼樣？」

「不要。」我看著正在倒數的號誌，斬釘截鐵地拒絕了他。但我也不知道自己在堅持什麼，大概就是賭氣吧。

「爲什麼？」

「沒有爲什麼。」

「說不出原因，就代表沒有拒絕的理由。」在倒數的號誌變成了綠色燈號時，他踩了油門，車子滑順地往左邊轉去。

「你這個人怎麼這樣？」

「有些話，我覺得必須和妳說清楚。」

「什麼話？」我微微側身，看著他認眞開車的側臉，見他沒有回答的意思，又問了一次，「到底是什麼話？」

「一邊吃晚餐一邊說好了。」

我吸了一口氣，很不喜歡這種快被好奇淹沒的感覺，「我想現在聽。再說，我不能跟你去吃晚餐。」

「爲什麼？男朋友會吃醋？」說完，他還輕笑了一聲。

「因爲蜜蜜和芷榆在等我幫她們帶晚餐回去。」

他瞥了一眼儀表板上的時間，「不然我請人送過去給她們。」

「J，不需要這樣，」不自覺地，我皺起了眉，「你有什麼要講的就講一講，沒有必要又麻煩你的……朋友。」猶豫了一下，我把「兄弟」這兩個字改成了「朋友」。

「那我們先幫她們買回去，然後再出來吃。她們要吃什麼？」

「我還沒問。」滿肚子的莫名其妙，我冷冷地說。

「打通電話吧！」他打了右轉方向燈，將車子停靠在路旁，然後按下閃黃燈。

他的舉動，讓我不得不乖乖地從包包裡拿出手機。撥了兩次蜜蜜的電話都轉進語音信箱，於是我只好找出芷榆的號碼，按下撥號。

這次，才響了三四聲，電話那頭就傳來芷榆「喂」的聲音。

「芷榆，妳和蜜蜜晚餐要吃什麼？我現在順路要去買了。」我開心地問。

「蜜蜜找學姊吃飯去了，我晚點應該也會去約會，所以今天不用幫我們買了。」

「啊？妳們都不吃喔……」原以爲找到了不必和J吃飯的擋箭牌，沒想到事情這麼不巧，「好吧！那我就自己吃囉！」

「嗯，拜拜。」我們的通話，就在芷榆甜美的聲音中結束。

「怎麼了？」

「不用幫她們買晚餐了。」

他點點頭，「那我們去吃，有沒有特別想吃什麼？」

「本來想幫蜜蜜他們買我們家附近一間超大雞腿便當的，」說著，我的口水也快流下來了，「你想吃嗎？」

「好吃嗎？」

「當然，」我點點頭，「不好吃怎麼會買？」

「那可不一定，」他微微地笑了，「有時候，人們會因爲習慣或是其他的因素而做了某些選擇，但是這些被選擇的倒不盡然是最棒或最美好的。」

他的話讓我思考了幾秒，「是嗎？」

「妳的年紀還輕，也許以後妳就能夠體會了。」

我哼了一聲，不以爲然地，「你也沒大我幾歲，幹麼把自己說得像老人一樣啊！」

「哈！在年齡上也許只是大妳幾歲，但我和妳成長的環境很不一樣，跟在我老爸身邊，也看了很多。」

「所以呢？」我揚起了眉問。

「所以這樣說起來，就是我比妳成熟很多，見識也比妳廣。」

「太誇張。」我皺了皺鼻子，看見他原本的微笑轉變成了大大的爽朗笑，我看著他的笑容，發現從我們的家教時間開始後，我好像從來沒有看過他笑得這麼爽朗，以及這麼……好看過。

「怎麼了？我臉上有什麼嗎？」

「喔……沒有。」我趕緊移開視線。

「確定要吃便當嗎？這頓我請客，多貴的都可以。」

「不用，再說，我想讓你見識一下什麼叫做好吃的超大雞腿便當，順便讓你知道我們選擇它並不是因爲習慣，也不是你剛剛說的什麼奇怪的看法，只是很純粹地因爲它眞的值得，而且很棒。」我挪動身體，「還有呢，再強調一次！今天我請客。」

「爲什麼？是我邀妳吃飯的，應該讓我請。」

「因爲我這個做老師的，還沒請過我的學生吃飯呢！」

他又哈哈地笑了笑，「被我老爸知道，肯定會罵我的。」

「放心，你不說、我不說，老闆怎麼可能會知道？不然等你all pass的那一天，你再準備個盛大的謝師宴也不遲。」

「那當然沒問題，妳說的那家店在妳住的地方附近嗎？」

「嗯，在前兩條巷口。」

「好，走。」說完，他放下手煞車，踩下油門。

20

「好吃嗎？」走出便當店前，其實這個問題已經問了不下五次。

「好吃。」洪智桓笑笑的，一樣的回答也說了不下五次，「下次再來。」

「好啊！下回吃蜜蜜最喜歡的超大排骨，也是招牌喔。」我指著前方，「對了，我就住在前面不遠，我自己走回去就行了。」

「我陪妳走回去。」

走。

「剛吃飽散步一下幫助消化。」他輕輕拍了我的肩，然後自顧自地邁開第一步往前

「不用啦！」

「你走到停車的地方還有一小段路，這樣也算是散步。」爲了逼眞，我故意壓低了音調，「還有，你忘記老師我今天交代的作業了嗎？貼上標籤註記的地方要看一下，而且最好先擠出一千字的心得感想。」嘴裡唸著，但我的腳卻不自覺地跟上了他的腳步，和他並肩走著。

「沒有忘，等會兒回去，我就立刻用功好嗎？」

「很好，孺子可教也。」看他這麼配合，我心裡隱約有種莫名其妙的得意。

「是啊！突然發現我是個不可多得的好學生了吧？」

「尙可。」

「以後妳就會發現我這個學生有多優秀。」

「待觀察囉！」我輕輕地哼了一聲，驕傲地跨出大大的步伐，走在他的前面。

「梁雨競……」腳長的他才跨出兩步就跟上了我。

「幹麼？」我的語調不自覺地揚得高高的。

「看起來，妳好像比較不生氣了。」

我抬起頭，先是看了看始終望向前方的他一眼，接著也和他一樣，將目光鎖定在前方被西落的夕陽暈染成一片紅的天空，明明是昭然若揭的事，我卻還是忍不住地小聲反駁，「誰說我生氣了……」

「妳生氣的樣子，我想全世界都看得出來……」

「哪有。」我嘟起了嘴，其實心裡暗自地詫異他竟然和爸媽還有蜜蜜說的一樣。

「原本今天想請妳吃個飯，算是表達一下我的歉意，沒想到反而讓妳請客了。」

「歉意？」

他咳了咳，「昨天的事，我很抱歉。」

我揮揮手，這才明白他的意思，「沒關係，反正今天也補課了，我不會介意的。」

他吐了一口氣，「我覺得抱歉的，還包括讓妳在門外等候的事。」

「……」

「其實我是故意的。」

「什麼意思？」我停下腳步，抬頭望著也停下腳步的他。

「記不記得我說過放棄家教的主動權在妳手上？」

思忖了幾秒他的話，我終於恍然大悟，原來……是這樣啊。

所以這樣聽來，J其實是故意讓我在門外等他，想消磨我的耐心，讓我自己打退堂鼓的？

我皺皺眉，「那爲什麼不繼續故意下去？讓我等個幾次，不耐煩的次數多了，搞不好我就會主動放棄了。」

「坦白說我不知道，」他聳聳肩，然後哈了一聲，「我也搞不懂，爲什麼這麼快就想向妳坦白這一切。」

「突然良心發現了？」

「哈！也許是吧！但我想，主要應該是我實在不忍心摧殘一個還有大好青春年華的女大學生吧！」

我小聲地抱怨，「什麼跟什麼啊！」

「生氣會老啊！如果幾個月下來，魚尾紋、法令紋、什麼皺紋都來了的話，搞不好我會被我爸砍死。」

「哼！」我重重地哼了聲，轉過頭便繼續往前走，雖然故意加快了走路的速度，依然被他輕鬆地跟上。

「所以，我爲我這兩天的行爲，認眞地向妳道歉。」

我故意把雙手交叉在胸前，下巴抬得高高的，「眞心的道歉？」

「是的。」

「絕不再犯？」我知道此刻自己的態度像隻戰勝驕傲的公雞，但我實在忍不住要這麼問。

「當然。」

「我記得江湖上的J好像一向是說到做到的喔……」

他眯起了眼笑我，「妳還知道什麼江湖不江湖的！」

「當然。」我驕傲地揚起下巴，胡謅了幾句，「我聽Kevin跟警衛先生說的。」

他哈哈地笑了笑，「所以呢？」

「所以我想說的是，就算你是號稱說到做到的人，但有時候還是很陰險，爲了避免你再犯，如果以後上課再遲到的話，就隨便我處置。」我想，我把眉毛提得高高的樣子一定很欠揍。

他先是眯起了眼，接著略帶笑意地說：「可以，遲到的話就隨便妳。」

「打賭。」我伸出了手，做出準備打勾勾的手勢。

「說了就算。」他聳聳肩，一整個乾脆帥氣的樣子。

「不行。」我很快拉住他的衣角，用「六」的手勢在他面前晃了兩下，「要打勾勾才算數，忤逆老師的話，我就打電話給老闆喔。」

他抿抿嘴，無可奈何地迅速伸出手和我打了勾勾，還蓋了章。

「少爺！太好了，正巧遇到你們，我們在這繞了好久，你朋友家到底是在……」一個騎著我的機車，穿著花襯衫的男孩突然停在我和J的身旁，話講到一半，睜大眼睛盯著我和J停在半空中的手。

「你們在玩打勾勾蓋印章喔？」另一個騎著黑色重型機車的男孩，操著閩南腔調的國語問。

J迅速地抽回了自己的手，然後大聲地斥責他們，「就在前面那條街，還不趕快給我騎去。」

「好。」J一聲令下，兩個男孩急急地轉動油門，奔馳而去。

然後留下臉上滿是尷尬的J，以及始終忍著笑意的我。

21

我想我一定是因爲太得意的關係，才會興奮到睡不著覺。

原本看完某個綜藝節目就決定去睡的，我竟然在床上輾轉了將近一個半小時還沒有半點睡意，而且精神異常地好，於是又溜回客廳，繼續投入電視的懷抱。

雖然眼睛盯著電視，但我的思緒沒有一刻投入在電視節目上，心情始終處於某種程度的亢奮，也許，絕大部分是因爲和Ｊ誤會冰釋，把話說開了的關係，想到往後的工作應該可以眞的輕鬆愉快，還有……還有另外的一小部分，是我無法確切表達出來的心情。

總之，此刻我始終處於一種莫名的亢奮中。

我無聊地拿起遙控器，胡亂地從個位數的頻道開始切換，發現深夜的節目不是我不感興趣，就是稍早已經看過一遍的節目重播，最後索性將頻道停在新聞台，雖然新聞內容幾乎都是先前重複的。

「小競，還沒睡啊？」蜜蜜從房裡走出來，手中拿著她和阿漢的愛心對杯，到冰箱前倒了水，輕聲地問我。

「嗯，是啊！」我皺皺鼻子，挪動身子在沙發上讓出一個位置。

「怎麼不把日光燈打開？」

「燈光暗一點，才能促進睡意啊！」

「也對，妳該不會又喝太多咖啡，然後睡不著了吧？」

我搖搖頭，「沒有。」

蜜蜜在我身邊坐了下來，喝了一口水，「不然呢？還是今天阿Ｊ又讓妳受氣了？他又讓妳在門外等很久了嗎？」

「今天的確在門外等了……」

「他眞的很過分耶！」蜜蜜打斷我的話，替我抱不平。

「不，蜜蜜！」我吸了一口氣，「雖然還是等了他大約二十分鐘左右，但下課之後，他……」我很簡單但是沒有漏掉任何重要細節地，把今天和J相處的經過告訴了蜜蜜，包括在門外的等待、上課的情形、我像的刺蝟般行爲、騎車回住處的路上因爲失神而被大卡車嚇著，然後再說到一起吃大雞腿便當，而他認眞道歉的種種。

「所以你們握手言和了？」

「應該……算是吧！」先是猶豫了一下，最後給了蜜蜜一個肯定的答案。

「這樣很好啊！恭喜妳，小競！」蜜蜜將她的馬克杯放在茶几上，「媳婦終於熬成婆了。」

「哪有這麼誇張，」我小聲地反駁蜜蜜，想起J一開始也曾答應會認眞上課，後來還是有意地想讓我自動放棄，我深深嘆了一口氣，「眞希望這樣的和平可以一直維持下去。」

「會啦！我覺得他這次是誠心誠意向妳道歉的。」

「妳又知道了？」我故意哼了一聲。

「妳認眞想想，如果他不是眞心看待這件事，哪可能對妳做這些？妳要裝刺蝟就裝啊！他理妳幹麼？」

「是嗎……」我思忖著蜜蜜的話，發現好像有這麼一點道理。

「還當街跟妳打勾勾約定耶！」蜜蜜比了個「六」晃呀晃，「換作是阿漢，他可是絕對不會願意在大街上打勾勾。」

「嗯……」我的耳朵聽進了蜜蜜的話，腦子裡還浮現當時和J在街上打勾勾，被他朋友撞見時，他臉上那種尷尬得有點可愛的表情。

嗯？可愛？我怎麼會用「可愛」這樣的形容詞來形容他？

「所以……小競？小競！」蜜蜜拉了拉我的手。

「喔，怎麼了？」

「妳在想什麼啊？」蜜蜜伸手拿起因爲溫差而冒出水珠的馬克杯，喝了一口之後，下了結論，「總之我覺得這回他是認眞向妳道歉的。」

「希望囉！反正他如果不遵守承諾，一切就隨便我了。」我笑笑的，「爽約的話，我就獅子大開口，強迫他請我們三個吃牛排。」

「我認識的梁雨競如果是這種會獅子大開口的人啊，肯定早就吃成大胖子囉！」

我呵呵地笑了，把目光移到蜜蜜臉上，才發現蜜蜜的異樣，「蜜蜜，妳的眼睛怎麼紅紅腫腫的？」

「有嗎？」蜜蜜避開了我的眼神，假裝若無其事地拿起遙控器選頻道。

「蜜蜜……」我擔心地看著蜜蜜的側臉，「是不是和阿漢吵架了？還是發生了什麼事？」

「小競，妳想像力太豐富了啦！」蜜蜜擠出有點勉強的笑容，「我只是因爲今天戴隱形眼鏡戴太久了，眼睛不太舒服而已。」

「眞的嗎？」我皺起了眉，不忘繼續觀察蜜蜜。

「當然。」

「如果不開心或是有什麼事，妳都要跟我說，不可以隱瞞我喔！」

「會的，眞的沒有什麼事，放心！」蜜蜜打了一個呵欠，然後站起身，「我該睡了，妳也早點睡喔！晚安！」

「晚安！」我看著蜜蜜走回房間的背影，不知道是我多想，還是因爲昏黃燈光的關係，我總覺得蜜蜜的背影看起來，好像眞的有一點點落寞。

眞的沒事嗎？皺著眉，我想著剛剛蜜蜜好像因爲哭泣過而發紅發腫的雙眼，以及被我發現後急著回房裡去的舉動。

我突然覺得自己很不應該，如果蜜蜜眞的有心事，我和蜜蜜聊了這麼久，竟然只顧著講自己的事，直到剛剛才發現蜜蜜的不對勁。

22

「我們小競得了疑心病喔？我眞的沒事。」我因爲擔心而決定再次向蜜蜜確認的時候，蜜蜜小聲地消遣我。

在那個失眠夜晚之後的幾天，我一直偷偷地在觀察蜜蜜，找到機會就會問她的情形。當然，每次從蜜蜜口中得到的都是同樣的答案。

這幾天下來，蜜蜜和以往並沒有什麼不同，每次看蜜蜜笑著說我得了疑心病的樣子，眞的會讓我懷疑眞的是自己想太多了一點。

好吧！梁雨競，妳就別再胡思亂想了，不然蜜蜜會被妳煩死的。

決定相信蜜蜜後，我快速地把老師寫在白板的重點一字不漏地抄在課本空白處，然後不自覺地把目光移向坐在我隔壁的J……

他左手撐著下巴，專注地看台上的老師。我偷偷瞥了一眼他桌上的課本，雖然沒有記下太多重點，但看起來似乎滿認眞做筆記的樣子。

還不錯嘛！眞不愧是我梁雨競的家教學生。

看著他認眞的側臉，不可否認的是，他確實是一個很好看的人，鼻子很挺、眼神深邃、膚色健康又不至於過黑，平時的穿著也很有品味，加上渾身上下很自然地散發出來的霸氣，說他是個有魅力的人一點也不爲過。而且他好像總有一種吸引力，就是會讓人不自覺地多看他一眼。有好幾次，下課和他並肩走在一起時，我總會不經意發現迎面而來的女同學飄過來的注目。

「上課不認眞，偷看我幹麼？」他轉過頭，揚起了眉小聲問我。

「哪有！」我別開眼，躲掉他的目光，急急地反駁，差點就忘了台上老師的存在。

「好，沒有就沒有，怎麼了？」

「沒有啊！只是看你有沒有認眞聽課。」我比手畫腳的。

「嗯，記得在我老爸面前美言幾句。」他微微地笑了，然後我又再一次承認他微笑的樣子也好好看。

「OK！」

他伸手比了個「一」，我猜應該是要我等一下，果然他立刻拿起筆，隨性地在書上的空白處寫了「今天家教完，再去吃大雞腿便當？」

「我這次想吃排骨。」我笑著點了點頭表示贊同，也學他在書上的空白處寫了要說的話。從小到大，這是我第一次在課本上寫除了筆記之外的東西，尤其是像這樣交談的文字。

「沒問題，我請客。」他用誇張的嘴型回答我，臉上依然有著淡淡的笑意。

「不要啦！」我小動作地揮了揮手。我們吃過大雞腿便當誤會冰釋之後，連著兩次家教後的晚餐，都是他請客的。

大概看我面露難色，他也揮了揮手，用同樣誇張的嘴型告訴我，「沒關係。」

「最近都一直讓你請客。」我在課本上寫下第二句話。

他低下頭，又在課本上寫了，「不然，等妳領薪水再換妳請。」

正當我思考了一下，猶豫要怎麼回應他時，台上的老師正好打斷了我和J的「交談」，大聲宣布了下課，並且順便提醒大家下週上課要預習的章節。

「小競，」坐在我右手邊的蜜蜜闔上了書，「妳是不是明天就要匯款給書商了？」

「喔！對啊！差點忘了。」我拍拍額頭，因爲蜜蜜的提醒，才想到這椿訂書的麻煩事。

「是不是剩那個學長還沒交？」蜜蜜指著坐在第三排，背了背包站起來的學長。

「嗯，他好像常常蹺課，要向他收錢都遇不到。」

「我去提醒他一下。」

「那我跟妳去。」我站了起來。

「不用啦！今天不是有家教嗎？我和芷榆去就好了，放心！」蜜蜜站起來後，像早就說好了一樣，芷榆也跟著站了起來。

「小競，放心，我們會替妳收回保護費的。」芷榆可愛地眨了眨眼。

「什麼保護費啦……好誇張喔。」我笑著，但因爲那位學長已經要走出教室，芷榆和蜜蜜快快地拿了包包也衝出教室。

「蜜蜜她們這麼急，發生什麼事了？」

我笑笑的，「她們要去幫我收保護費啊！」

「嗯？」

「對喔！我應該派你去的。」我眯起了眼看他。

「哈！當然，以後這種事我去就行了，看看老師您要收百分之幾的利息，學生我一定幫妳……」

「不好意思，打擾了。」當我正笑笑地聽J開玩笑時，突然有個怯怯的聲音打斷了J的話，當然也同時打斷了我的笑。

看起來，這個女孩是來找J的。

如果沒認錯的話，我想她應該是系上一年級的學妹。

「嗯？」J收起了笑容，看著那位學妹。他眼神裡看不出有什麼情緒，冷冷的。

「智桓學長，昨晚我熬夜做了餅乾，想說讓你嚐嚐看，我……」

「妳留著自己吃吧！」

「喂……」我沒有發出聲音，只是用誇張的嘴型和表情，暗示他別把話說得這麼直接，可是他對我的暗示完全無動於衷。

「學長，這是我特地……」

「在我女朋友面前說要送我餅乾，好像有點不妥吧？」Ｊ打斷了學妹的話，眼神飄向我這裡來。

「我……」我用食指指著自己的鼻子，納悶地看著Ｊ，「我才……」

「而且我女朋友脾氣很差，妳要是惹到她，後果可不堪設想。」Ｊ絲毫不理會我眼神裡的抗議，主動拿了我放在椅子上的包包，牽起我的手，拉著我走出教室。

23

一路上，我們都沒有開口說話。Ｊ專心地開車，而我只是沉默，看著車窗外的景象快速地往後方移動。

「妳在生氣嗎？」在某個大路口，Ｊ將車子停在停止線等待紅燈，終於開口問我。

我轉過頭，眼神看向前方，仔細想了想Ｊ的問題，我原想乾脆地說「對呀」，結果竟然不乾脆了起來。我突然搞不懂現在的自己到底是不是在生氣？在他面前，我好像愈來愈不乾脆了，好像老是無法坦白自己心裡眞正想說的話，老愛拐彎抹角。

我在生氣嗎？坦白說好像也還好。

我只記得J在學妹面前說到「女朋友」三個字時，我覺得莫名其妙，而且心跳好像變快了些，尤其是他說「我女朋友脾氣很差」的時候，我好想大聲反駁我的脾氣哪有很差。而當他拉著我的手走出教室時，一切的一切好像突然靜止，包括我的心臟……

這些是我記得的所有，但那種想反駁又心跳加快，臉熱熱的感覺，包括了生氣的情緒嗎？現在回想起來，當時的我好像一點也不生氣。

「不要生氣了啦！」

「你幹麼破壞我形象？」我側著臉看著他，「我脾氣很差這種事，如果在系上傳開，我不就丟臉死了。」

「哈哈！所以妳氣的是這個？」紅燈的讀秒結束，J踩下油門，車子慢慢往前滑行。他大笑的樣子，讓我覺得自己好像鬧了什麼笑話一樣。

「當然，如果人家以爲我是母夜叉怎麼辦？」我納悶地看著不知道在笑什麼的他。

不顧我的疑問，他又哈哈地笑了兩聲，「我還以爲妳在不高興我說妳是我女朋友。」

「……」將視線從他的側臉移開，我突然不知道該說什麼，因爲J的問題又再次讓我跌進了剛剛的困惑中。

是啊！經他這麼一說，我在意的應該也是這件事才對，但爲什麼脫口而出的話卻是針對「脾氣不好」這個點呢？難道理智告訴自己應該要生氣的同時，我的潛意識悄悄地和理智唱起了反調嗎？

「眞可愛。」他輕輕地說了這三個字，打斷了我的困惑。

「什麼？」

「我說妳很可愛。」他的語氣一樣很輕很輕。

面對他突然的……呃，稱讚，我很難爲情，又詞窮了起來。擔心洪智桓察覺到我情緒的變化，只好把臉又別向右方，假裝認眞地看著窗外的什麼。

「妳肚子餓了嗎？」

「還沒。」

「那上完課再吃囉？」

「嗯。」我頭也沒回地應了一聲。

「以後不會這麼說了，對不起。」

「……」我輕哼了一口氣。

「梁雨競……」他咳了咳，「眞的對不起，我保證以後不會了。」

「喔。」我轉過頭，看見他誠懇道歉的表情時，我發現自己突然有些不去，「看你這麼誠心悔改，我這個當老師的就大人有大量不跟你計較了，沒、關、係。」我很故意地把這三個字重重說出來。

「謝謝妳。」他笑了，眼角都彎起來了的那種笑，「如果因此破壞了妳的形象，害妳嫁不出去的話，我會拚命幫妳徵婚的。」

「哼！謝謝你喔！」我皺了皺鼻子，沒好氣地說。

然後腦海浮現的，是無奈的梁雨競站在「徵婚啓事」海報前，而J在一旁敲鑼打鼓炒熱氣氛的畫面。

好像……亂好笑一把的。

24

「喝不喝咖啡？」

「你喝吧，謝謝！我裝個水。」

「我先去洗把臉。」

「喔。」走到客廳的開飲機前，我拿出包包裡隨身攜帶的密封杯，裝了約莫半杯的水，大概是因爲剛剛的雞腿便當灑了太多胡椒鹽，我覺得相當口渴，直接在開飲機前喝了一大口。

當我準備再裝一些時，一張擺在液晶電視旁的櫃子上，加了相框的照片吸引了我的目光，我好奇地走到那張照片前，仔細地看著照片裡的人。

這是一個很簡單、沒有多餘裝飾的木製相框，而相框裡的照片，加上J總共有五個人，兩男三女，他們都有著共同的特徵，就是五官都很好看。

「怎麼了?」J從浴室走出來問我。

「這個相框新擺上去的啊?」

「放在那裡有半年了吧!」

我抓抓頭，「是喔……之前都沒發現。」

「因爲之前幾次來上課妳都在不開心，怎麼會注意到屋子裡的東西?」

對於他的話，我沒有應答，雖然心裡也稍稍認同，但還是決定不作聲，假裝認眞地看著照片中的人物……

「猜猜看，哪個是我妹妹?」他走到我身邊，和往常一樣用披在肩上的浴巾擦拭著臉上的水珠。

「猜對有獎品嗎？」

「獎品啊……好，猜對的話，上完課請妳吃大餐。」

「嗯……」我盯著照片，再抬頭比對了一下他的臉。帶著淡淡微笑的他，看起來跟照片裡的他一樣好看，「不行，這樣的賭注太小了。」

「不然呢？」

「讓我想想……我猜中的話，」我賊賊地盯著他，胡亂掰了一個要求，「以後你要更尊師重道一點。」

「怎樣個尊師重道法？說來聽聽。」他雙手交握在胸前，右眉提得高高的。

「我還沒想到，不過至少對於我上課的要求都要做到，可以嗎？」

他像是在考慮般地先別開臉，然後輕笑一聲，隨即低下頭，將目光移回我臉上，「可以，不過這樣講太抽象，乾脆給妳一張萬用金牌，要我做什麼都可以。」

「眞的？」

「眞的，只要不是無理取鬧的要求，我都會盡力辦到。」

「好，那我猜囉！」確定這場賭注成立後，我得意地轉身拿起相框，比剛剛認眞一百倍地比對照片裡的J和三個女生的五官。

照片裡最左邊的，是一個個子小小的女生，不僅俏皮地眨起了她的右眼，還比了個手槍的手勢，我猜她的個性應該很活潑。

左邊數來的第二個女生，燙了一頭捲捲的長髮，兩個耳垂上都掛著大大的耳環，穿在身上的黑色平口小可愛彷彿正在向全世界炫耀自己的好身材，雖然照片裡她畫上了相當講究的眼妝，但我想，就算卸妝後，應該也是個標準的美女。

最後一個女生，清秀的臉上掛著可掬的笑容，慧黠的大眼睛笑得彎彎的，染了顏色的及肩的頭髮，在陽光的照耀下閃著楬色的光，無庸置疑地，應該是一個不僅長相可愛，個性也討人喜歡的女生。

只是……到底哪一個才是J的妹妹？

眼睛笑得彎彎的女孩，其實一點也不像J，而那個個子小的女生好像也不太像，至於那個身材很棒又時髦的女生，誇張的濃重眼妝讓我幾乎無法確定她和J有幾分相似度……

我摸摸下巴，潛藏在體內的賭性蠢蠢欲動，不想隨便浪費自己的答案。

「妳的答案是？」站在我背後的J問我。

「我再想想看……」我瞇起了眼，認真盯著照片裡的三個女生，仔細研究她們的五官。我突然覺得自己很可笑，平常就連考試的時候都沒有這麼小心謹慎過。

「妳只剩三十秒。」

「等一下……我再研究一下……」

咦？不對呀！本尊就在這裡，我幹麼不好好地和本尊比對一下？

於是我轉了身，和他面對面站著，揚起頭看著他，並且爲了配合他的高度，我將相框舉得高高地對照。

「二十秒。」

「這麼快？」我皺起了眉，不滿地瞪著他抗議。

「剩十秒了。」他抿抿嘴，一副不容商議的樣子。

「喔，好啦好啦！」我揮揮手，發現自己的心跳跳得好快，只是我搞不懂心跳加快的原因。是擔心猜錯，太緊張了，還是因爲和他靠得太近了？

「時間到了。」他拿走我手中的相框，像個主考官一樣揚起了眉，輪流指著照片中的三個女孩問我，「所以，答案是？」

算了，豁出去了！

我伸出食指，在照片上游移著，指在最左邊那個嬌小玲瓏的女孩臉上，「應該是這位吧？」

「確定了？」他的右眉動了一下。

「哎呀！讓我考慮三秒鐘。」

「繼續考慮的話，妳就快用完妳最在意的家教時間了，我可沒那麼多美國時間一直補課。」他威脅。

「好啦！」我嘆了一口氣，食指仍然在那個嬌小的女孩臉上點著。這樣比喻也許太誇張了一點，但我眞的覺得我此刻的心情，很像一個把畢生積蓄都押在賭局上的賭徒。

「確定了嗎？」

「確定……等一下！」迅速地瞄了他一眼，然後我快速地把食指移到穿著小可愛的那個女生臉上，「我猜這位好了。」

「眞的確定了？」

「嗯。」我點點頭，等著答案揭曉的我，心臟跳得更快了。

他哈哈地笑了，沒有宣布正確解答，往前走了兩步，把相框放回原處後，繞過我走向上課的書房，「時間差不多了，上課吧！」

「喂！」我大聲的抗議，「答案是什麼啦？」

「下課再公布，」他又哈哈地笑了兩聲，用一種很故意的語氣說。

「J，你怎麼可以這樣啦！」我氣急敗壞地跟在他後頭，用更大的音量喊著。不料他停下腳步，我因此撞上他的背，「哎唷！好痛，你幹麼突然停下來？」

他轉過身，看著揉著額頭的我，帶著好欠揍的笑容，「剛剛不是跟妳說了，如果耽誤上課時間，又要補課的話，我沒有那麼多美國時間喔！」

25

如果我的老闆不願意支付我今天的薪水，我想我絕對不敢有半句反駁的話。

當然不是因爲我的老闆來頭不小，我不敢吭聲，而是因爲整節課下來，我專心的時間根本不到一半。甚至有好幾次，都是J喊了我好幾聲，我才回過神來。因爲，我整個思緒都在想自己有沒有猜對，整個心思都在思考怎樣才能套出J的答案，甚至一直在偷偷觀察，每次問他時，他臉上有沒有出現什麼奇怪的表情。

不過，他的口風很緊，臉上的表情更是堅定得讓人看不出端倪。有一回，他還機車地拿出手機，模仿我每次威脅他要打電話給老闆告狀的樣子……

可惡。

就這樣，我心不在焉地度過了對我來說最長最難熬的一次家教時間，然後一下課就一邊開心地收拾東西，一邊笑嘻嘻地要他公布答案。

「妳覺得自己猜對了嗎？」

「我要是能夠確定，幹麼還一直問你！」我輕輕地哼了聲。

「能不能猜對，對妳來說很重要嗎？」

「當然，能夠控制J大哥的王牌耶！」我開玩笑地說著，「贏得這個賭注，以後也不怕你上課不認眞，一次就使用萬用金牌定好規矩，一勞永逸，比起每次都要約定來約定去的，這樣好像比較開心，也比較輕鬆。」

「嗯，」他點點頭，「有道理，不過就算妳猜對了，我也可以翻臉不認帳。」

「喂！」我的音量控制不住地變大了些。

「哈哈！開玩笑的，願賭服輸，我不會不認帳的。」

「眞的嗎？」我揚起了眉，想從他嘴裡聽到更肯定一點的答案。

「眞的。」

「如果你輸了，你一定會認眞遵守萬用金牌的約定嗎？」

「是的。」

「所有的要求？」我再確認。

「不要太誇張的都行。」

「你說的喔！」我伸出手指，在他眼前指著。

「看妳一副胸有成竹的樣子，」他哈哈地笑了兩聲，「這麼有把握會猜對啊？」

我抓抓頭，這才想起自己連有沒有猜對都還不確定，竟然就已經在確認賭注的戰利品。

「請問我猜對了嗎？」我瞇起了眼，仔細觀察他。

他笑得很好看，然後站起身，「妳東西收好了吧？」

「什麼？」我皺起了眉，疑惑，搞不懂他爲什麼又換了個話題。

「如果沒有特別想吃什麼的話，我帶妳去吃一家很棒的日本料理。」

「什麼啦！你先回答我的問題。」我摸不著頭緒，站起身，心急地抓著他的手臂，「你還沒告訴我到底有沒有猜對耶！」

「妳這個笨蛋，快整理東西，我好餓。」

「什麼啦？咦？難道……我猜對了？」突然間，我在他的話裡和我們的賭注之間完成了連結，終於理解了他的意思，「我猜對了？」

「是的，走吧！我肚子快餓死了，遲鈍女！」他抿抿嘴，用修長的手指敲了我的額頭一記，自顧自地往客廳走去。

26

「這裡的價位好高……」我看著菜單上的標價，皺著眉對J說。

「想吃什麼就點吧！願賭服輸，沒關係的。」

「可是……我其實沒有眞的要你請客，就算要請，也不見得要在這種地方啊……」

「我知道，但我今天就是想吃日本料理啊。」

我瞄了離我們座位最近的服務生一眼，湊向前小聲地對J說：「我知道這附近也有一家很不錯的平價日本料理，我們去那裡吃好不好？我和蜜蜜、芷榆都覺得很好吃。」

「那下次再去，快點餐吧！我肚子眞的餓了。」J舉手示意，服務生立刻走向前來負責替我們點餐。J體貼地替我點了餐之後，又另外點了一些聽說是不吃可惜的招牌。

「不好意思，請問小姐的手捲要什麼口味的？」服務生帶著專業的微笑，笑咪咪地看著我。

「呃……鮮蝦手卷，可以的話，可不可以請您生菜放多一點？」

「當然可以，因爲我們店裡的料理都是廚師現做的，所以必須稍等一些時間，謝謝。」服務生一樣笑咪咪地在菜單上做了註記，禮貌地鞠了躬之後，便轉身往廚房走去。

看著服務生離開，我又想起了這裡的高價位，「眞的很不好意思。」

「爲什麼？」

「眞的太貴了。」我苦笑了一下，其實爸媽有時也會帶我和兩個妹妹到這樣等級的餐廳用餐，而且我也知道這種價位在這樣的餐廳算是合理。只是，因爲一個小小的賭注讓J花錢請這一頓大餐，心裡難免有些不好意思。

「別想太多，賭注就是賭注，誰叫我運氣不好輸掉了，再說上次不也是妳請客的嗎？這次換我請也合理。」

「哪有合理，」我皺了皺鼻子，「這頓大概可以抵二十多個大雞腿便當耶！」

「哈！反正別想太多，待會兒盡量吃就對了，妳不吃多一點，剩下一堆才叫浪費。」他拿起別緻的小茶壺，先爲我斟滿了茶，然後也爲自己斟滿，喝了一口。

「嗯。」我點點頭，突然想到那張讓我贏得大餐的照片，「對了，那張照片裡的其他人是誰啊？」

「這麼好奇幹麼？」

「就……」看著他臉上很故意的表情，我決定不繼續追問下去，「算了，不問就不問。」

「開玩笑的！」他哈哈地笑了笑，從牛仔褲口袋裡拿出皮夾，從皮夾裡抽出一張照片擺在我面前。

那同樣是一張合照，和J擺在電視機旁的照片是同一個場景，唯一的差別只是這張照片中的人都比了「YA」的手勢。

「妳知道的，這是我妹妹。」他長長的手指在照片上點了一下。

「嗯。」我點點頭。

「他是陳翔，從小和我一起長大的朋友，比親兄弟還親，我家老子跟他老爸也是拜把的，」他移動手指，先指著照片裡頭髮稍長的男孩，再指著個子較小女生，「這位是他同學阿奇的女朋友，其實我跟她並不熟，講過的話不超過十句吧！」

「那這個可愛的女生……」我指著照片中帶著可愛笑容的女孩。

「陳翔的女朋友，她的名字跟她一樣很可愛，她叫天天，杜天天。」

「杜天天……」我看著照片裡的她，發現她笑彎了眼睛的笑容，讓人覺得好舒服。

「對了，沒記錯的話，妳原本其實是應徵『彈子房』的工作對不對？」

「嗯啊！怎麼了？」

「天天她也曾經在『彈子房』工作，呃……算是代班吧！滿長的一段時間。」

我將視線從J臉上再移到照片裡的女孩臉上，「是喔……」

「怎麼了？」

「沒什麼，我只是突然想起，和老闆面試時，老闆斬釘截鐵地說『彈子房』的工作不適合我。」

「哈，我老爸眞的這麼說？」

我點了點頭，抿抿嘴，「是啊！他說光看我履歷上的自我介紹就知道了，我眞的不適合嗎？」

「妳打過撞球嗎？」他沒有正面回答我的問題，倒是拋出了問句。

「沒有。」

「去過網咖嗎？」

「沒有。」

「Pub呢？」

「也沒有。」

「那就對了，妳的確不太適合。」

「這很難說吧！我也沒當過同班同學的家教，還不是也試了？」我忍不住反駁，「而且老闆連這些問題都沒問，是憑第一眼的印象直接判斷的。我看起來眞的不適合嗎？」

「妳想聽實話嗎？」他問我，接收到我瞪了他一眼的回應後，他輕笑了一聲，「其實，妳看起來眞的不適合。與『彈子房』的工作相比，妳眞的比較適合當家教。」

「爲什麼？」

「妳給人感覺就是那種從小在爸媽呵護下長大的孩子，也許不至於是那種依賴父母的溫室花朵，但我猜妳從小的休閒活動恐怕少得可憐，就算有，也可能是被規定在家聽音樂或是到書店、圖書館看書的那種女孩。」

對於J的話，我原本想反駁，竟不知該從何反駁起。他說得好像也沒錯，從小，我和兩個妹妹似乎就是這樣長大的，加上自己總有「長女應該要怎樣怎樣」的想法，從前的自己，好像每一階段的每一個行爲都盡可能地去符合長輩的期待。儘管在這些期待下的表現，往往不見得是自己想要的。

想到這裡，我不禁想起了從高中開始和父母之間漸漸產生的不愉快，以及前些日子一發不可收拾的決裂。

「怎麼了？」他伸出手，輕輕地拍了拍我的手背，「妳在想什麼？」

「喔！沒什麼。」我回過神來，尷尬地笑了笑。

「不過看外表其實也不準，」他笑著回應，但我不知道這算不算是一種安慰，「像天天，光憑第一印象，我也不覺得她適合。」

「結果呢？」

「結果是她代班的那段時間，把工作做得很好，而且她的個性出乎我意料的堅強，是個很特別的女孩……」J挪動了身子，像是在回憶什麼般的。

「看來你滿欣賞她的。」看著他談論這個女孩時，臉上帶著淡淡的微笑，我不自覺說出了這樣的話。這句話迸出嘴邊時，我的心裡竟然認眞地想知道答案。至於這樣的認眞因何而起，其實我並不清楚。

「算是吧！之前，我甚至當著他們兩個的面說如果天天不是陳翔的女朋友，我也許會追她。」

「嗯……」

「妳知道嗎？第一次見到天天，是因爲一場誤會，因爲我妹妹不分青紅皀白地在『彈子房』和她還有翔起了衝突，讓她的手臂莫名其妙受了傷，縫了七八針。」他的話還沒說完，就被送餐點來的服務生打斷，「有空再慢慢跟妳說這些故事！」

「好。」雖然很想繼續聽下去，但我還是點了點頭表示同意。

「其實我覺得妳某些地方還滿像她的。」他拿起小茶杯，喝了一口，「如果說她是第一個不怕我的女孩，我想妳應該就是第二個吧！」

他突然用一種認眞的眼神看著我，於是我將眼神刻意地別開。爲了避免尷尬，我還假裝和他一樣拿起小茶杯，喝了一口早已變涼的茶，然後換了話題，「他們的感情一定很好吧？」

「嗯，也是經過一番努力的。陳翔的成長背景和我很像，甚至還經歷過一些令人難過的故事，不過天天很勇敢，她對陳翔的喜歡超越了很多事情，包括原本隔在他們之間的那道牆。」

「聽起來，好像眞的有一段感人的故事。」

他微微地笑了，然後才又認眞地說：「總之，兩個不同世界的人要在一起，就必須付出很多的努力。」

我點點頭，表示了解，然後心裡偷偷地問自己，如果我也和天天一樣，喜歡上一個和自己不同世界的男孩，我會退縮，還是選擇更勇敢地去面對？

「那個……」J又拍了拍我的手背。

「啊？」

「又在想什麼？今天怎麼特別容易發呆啊？」

「哪有！」

「快吃吧！手捲要馬上吃才好吃。」

27

「有沒有吃飽？」J用面紙擦了擦嘴之後，溫柔地問我。

「有，謝謝你，超飽的，」我也擦了擦嘴，「離開之前，我想先去一下洗手間。」

「好，那我先去結帳，在門口等妳。」

「好啊！」

我拿起包包，詢問了服務生，依循他指示的方向往洗手間走去。走向洗手間時，無意間瞥見位在角落的包廂裡，坐在靠近門口位置的男孩，他和同行的朋友開心地聊著天，還看見他拿著面紙，爲他對面的人體貼地擦拭嘴角的親暱舉動。

看著他，我唯一的念頭就是「好巧」兩個字，嘴角不自覺地往上揚起。

沒想到眞的這麼巧，蜜蜜和阿漢也到這裡來吃大餐。雖然因爲燈光有些昏暗，又被屏風遮住了，我沒能看到坐在阿漢對面的是不是蜜蜜，但由阿漢的舉動看來，我的直覺告訴自己這肯定是蜜蜜了。

我愈想愈興奮，決定給蜜蜜一個驚喜，於是我快快地往洗手間的方向走去，拿出手機，從通話選單中找了蜜蜜的名字，按下撥號。

「哈囉！蜜蜜，妳在哪裡甜蜜約會呀？」我故意將語調揚得高高的。

「約會？」因爲驚訝，電話那頭的蜜蜜，語調也和我一樣高高地揚起。

「對呀！是不是正和阿漢甜蜜地吃著日本料理呢？」我用曖昧的語氣說著。

「才沒有呢！」電話那頭的蜜蜜，語氣中似乎透露著些許的失望，「本來說好要和他們班上的同學一起去的，結果阿漢臨時要開會，只好改期囉！」

蜜蜜話裡的關鍵字，一個一個地刺進我的耳裡，所以，阿漢和蜜蜜本來要和朋友一起來這家店吃東西？所以，坐在阿漢對面的人根本不是蜜蜜？所以，阿漢騙了蜜蜜？所以……

「妳現在在哪裡？」我小心地問蜜蜜，聲音微微地顫抖起來。

「在家啊！正在看電視。」

「喔……」我皺起了眉。

「小競，怎麼了？」

「喔，沒事啦！」站在化妝鏡前的我，發現鏡子裡我的臉實在難看得可以。

「沒事就好，」蜜蜜停頓了幾秒，然後突然大聲地叫了我的名字，「小競！」

「嗯？」

「我應該沒有告訴過妳我們要去吃日本料理吧？妳怎麼會知道啊？」

「我亂猜的。」

「少來，妳剛剛的語氣明明就不是亂猜的啊！怎麼這麼厲害，未卜先知呀？」蜜蜜開玩笑地說著。

「我……」我錯愕地瞄著鏡子裡的梁雨競，思考該用什麼理由來帶過蜜蜜的追問，

「其實……其實……」

「其實什麼?妳該不會是看見我家阿漢和別的女生在一起吧?」

「當然不是,」我急急地反駁,隨意胡謅了一個理由,「妳和阿漢講電話的時候,我有聽見妳說日本料理什麼的啦!才會這樣胡亂猜呀!」

「原來喔!害我以爲我們家小競成了神機妙算的梁大師了呢!」

想就此打住這個話題,我故意哈哈地笑了笑,「對了,那蜜蜜吃飽了嗎?要不要我幫妳買點什麼回去?」

「不用了,我正好泡了泡麵。」

「那……我吃飽後才回去喔!」

「好啊!這樣聽起來,是跟J一起吃囉?」話筒裡傳來蜜蜜嘿嘿的笑聲,「最近和J處得還不錯耶。」

「哪有。」

「哪沒有,從原本的諜對諜,到現在可以一起吃飯耶!」

「蜜蜜……」

「怎麼了?」

「如果阿漢他……」我止住了話,突然想起那天在停車場時,蜜蜜說過,如果阿漢喜歡上別的女孩,她也許會自殺也說不定的那些話。

「如果阿漢他要請我吃日本料理的話，我會邀請我最親愛的好朋友小競還有芷榆一起出席的，呃……如果芷榆要約她的神祕網友一起出席也可以。」

蜜蜜的話，一個字一個字地敲進我心裡。

我的心，因爲猶豫、因爲緊張、因爲擔心蜜蜜，跳得好快好快……

「小競？」

「嗯？」

「泡麵快爛掉了啦！我要繼續吃囉！」

「好！晚點見。」

28

我和蜜蜜講完電話，走出廁所時，J已經站在廁所門口等我。因爲我進去太久了，J說他不太放心。

「怎麼了？不舒服嗎？」

「沒有。」我搖搖頭，擠出笑容，儘管他的舉動令我感到窩心，但我的心跳仍因爲剛剛和蜜蜜的交談始終跳得不規律，甚至隱約有一股熱騰騰的憤怒在體內流竄著。

「眞的嗎？」J皺起了眉，擔心地問我，「怎麼臉色怪怪的？不舒服的話，我帶妳去看醫生。」

再次搖搖頭，我擠出更大的笑容，雖然我想這樣的笑容一定難看得可以，「眞的沒事。」

「嗯，那我們走吧！」J輕輕地拍了拍我的肩，走在我身旁，和我一起走出餐廳。

「妳要在這裡等我，還是和我一起走到停車場？」

「和你一起走過去好了，吃太飽了，散步消化一下。」

「嗯，也好。」

我慢慢地和他走往對街的停車場。雖然只是短短的一段路，但我心不在焉地跟著他往前走，有兩、三次因爲失神而沒有注意到來車，還被他拉了一把。

「到底怎麼了？」走到他的跑車旁，他體貼地幫我打開車門。

「沒事，謝謝。」我坐進車子的副駕駛座後，他輕輕地關上了門，自己坐上了駕駛座。

從他發動車子，將車子開出停車場，前後大約十分鐘的時間裡，我和他都沒有任何交談，車子裡唯一的聲音，就是從音質很好的音響裡傳出來的搖滾音樂。

一路上，我的心跳雖然緩和了些，但是一想到剛剛看見阿漢臉上那種開心的樣子，再想起和蜜蜜的對話，我體內的腎上腺素就好像不聽使喚地急速分泌，引起我不太規律的呼吸。

我該怎麼辦？身爲蜜蜜的好朋友，我是不是該直接告訴她今晚所看到的一切？還是用暗示的方式提醒一下蜜蜜呢？或者，剛剛在日本料理店的我，其實應該要勇敢地往前走去，看清楚坐在阿漢對面的究竟是什麼人？甚至應該勇敢地走過去，大方地打聲招呼，讓阿漢知道我目睹了這一切，順便達到警告的效果？

這些做法好像都可以，好像都可行，只是，卻又都讓我躊躇。因爲不論是直接告訴蜜蜜或是刻意警告阿漢，最後受到傷害的都會是蜜蜜。

「J……」

「嗯？」他單手握著方向盤，瞥了我一眼後再把目光移向前方。

「你有沒有劈腿過？」

「哈！怎麼突然問這個？」

「有沒有？」

「沒有，每一段感情，我都是認眞對待的。」他用他低沉的嗓音回答我。

「如果……」我猶豫了一下我的用詞，「舉個例子來說好了，天天也算是你的好朋友吧？」

「當然。」

「如果撇開陳翔是你從小到大的兄弟不說，有一天你在街上看見陳翔帶著別的女孩一起出門，好像對那個女生有親暱的舉動，就像男女朋友一樣，你會怎麼做？」

「好像對那個女生有親暱的舉動，有就有，怎麼會用好像呢？」把「好像」兩個字特別加重了語氣，他皺了皺眉，「親暱的舉動應該很好判斷吧！」

我呼了一大口氣，「就是那女生可能正好被柱子或是一棵大樹擋住，你在遠遠的地方，好像看見陳翔拿著面紙替女孩擦了擦嘴的舉動。」見他似乎陷入了思考，我急著提供選項，「你會去暗示天天嗎？還是會當場去跟陳翔打招呼，讓他知道你看見了？」

「哪來的這麼多正好？」

「快回答我啦！」

「都不會。」

「那麼？」

「其實如果可以的話，我會當場直接去找陳翔，如果不行，事後我還是會找陳翔問清楚，」他咳了咳，「所以妳剛剛是看見朋友的男朋友和別的女孩在一起嗎？」

「嗯……雖然他們在包廂裡，我沒有眞正看到坐在那個男生對面的人……」

「所以，就這樣抱著疑惑離開？要是這其實是個誤會呢？」

「我只是沒看清楚那個人的長相，但是那個男生拿著面紙幫對面的女生擦拭的舉動，我是看得一清二楚的。」

他輕笑了一聲，沒有說話，只是將握著的方向盤微微地向右轉了一下，然後將車子停靠在路邊。

「你要幹麼？」我丈二金剛摸不著頭緒地看著他問。

他一樣沒有回答，只是挪動了身子看著我，接著伸出手輕輕地碰了碰我的臉頰，「他是做了類似這樣的舉動嗎？」

「嗯。」我點點頭，心不知道爲什麼竟漏跳了一拍。

「妳覺得經過的路人，要是看見車內的我對妳做出這種舉動，他會不會覺得我們是男女朋友？」

想了想，「好像會。」

「但我也只是要做個示範而已，對不對？」

突然間，我明白了他的意思。只是，儘管我覺得J說得有道理，但一想到剛剛看見的情景，我還是不認爲那是個誤會，「可是剛剛他……」

「他怎麼樣？」

「他的動作很明顯，眞的很曖昧。」

「但妳心裡也存在著一絲絲的懷疑不是嗎？」他揚起了眉，冷靜地問我。

「嗯。」

「那就是了，這種事怎麼可以有一絲絲的懷疑？連妳自己都不確定，就沒有考慮應該告訴妳朋友還是直接去找那男的的立場。」他保持著冷靜的語調，「除非妳相當肯定。」

我別過臉，看著車窗外走在紅色人行道上的行人，仔細想著Ｊ的話，認真地回想剛剛阿漢的舉動。

「Ｊ！」轉過頭，我看著他，「可以載我回那家店嗎？」

他揚起嘴角，好像得到了滿意的答案般，「沒問題。」

29

為了把握時間，Ｊ一路保持著相當快的車速，所以我們只花了幾分鐘時間，那家日本料理店的招牌就出現在我的眼前。而Ｊ像個熟練的賽車手，轉了個大彎，帥氣地將車子停在店門口。

「到了。」

「嗯。」我解開繫得牢牢的安全帶，悄悄地吸了一大口氣，然而這樣的深呼吸仍然不能夠舒緩我心裡的緊張。

「我陪妳進去好了。」J拉上手煞車，也同樣解開了安全帶。

正當我要開口謝謝他的貼心時，從店裡走出來一群喧鬧的男女吸引了我的注意，而且我一眼就看見走在最右方的阿漢。

「他們出來了，最右邊那位。」我小心地指著前方，明明知道外頭根本聽不到我們以正常音量交談的聲音，我還是不自覺壓低了音量。

J順著我指的方向看過去，像是在思考什麼般地皺了皺眉，然後盯著駐足在店門口，還意猶未盡繼續聊天的那群人，「我們先別下車好了。」

「嗯。」我吸了一口氣，覺得此刻的自己像個偵探，腦子還想到很久以前一個委託藝人出外景，搜查自己男朋友是不是有其他女朋友的節目。

J把車上的音響音量轉小，再把駕駛座和副駕駛座的車窗打開了一些，「他們從外面是看不清楚我們的，所以可以放心。」

我點點頭，目不轉睛地盯著阿漢他們，我發現同行的兩個女生，看起來好像都是阿漢朋友的女朋友，偶爾會跟阿漢說上幾句話，但那種互動似乎僅只於是「朋友的女朋友」那樣而已。

難道眞的是我誤會他了？如果眞是這樣，那我眞的應該謝謝J剛剛對我說的話，也應該謝謝J特地載我回來看個究竟。要是沒有回來再次確定，我想我心裡肯定會因爲這個帶著很多疑惑的祕密而不好受，對阿漢與蜜蜜的感情，也會是一種無形的傷害。

「好像眞的是我誤會了。」我把我專注觀察的目光移到J認眞的右臉上，心裡有種鬆了一口氣的感覺。

他繼續看著眼前那群人，然後用修長的手指摩娑著下巴，「這樣的結果應該是妳最滿意的吧？」

「當然，我不希望我的朋友受到傷害。」說著，我又想起蜜蜜在停車場時說過可能會自殺那些話。

不過幸好，這一切似乎眞的是我多心，想太多了一點。

「小競……」

「怎麼啦？」我看著J，心裡有些驚訝，他幾乎從來沒有這樣叫過我。

「沒什麼，我只是突然想告訴妳，很多時候，不要以爲自己不喜歡的事情不會發生。」

思考了幾秒他的話，我笑著說：「這我當然懂，人生不如意事十常八九嘛……當然不可能事事順自己的心意，怎麼突然說這個？」

他輕笑了一聲，「只是擔心妳看待事情的態度，太偏向光明面的話，總有一天會受傷的。」

「呵，不會啦！」我搖搖頭，「我比你想像中的要來得堅強很多喔！」

「那就好。」

「看來，這件事情真的是我誤會了，我們可以走了！」我用輕鬆的語調說著。

「沒問題。」J繫上安全帶，右手握在手煞車上。

當我也繫上安全帶，正準備關上車窗的那一剎那，從店裡走出來的一個女孩吸引了我的注意。

咦？

「J，等一下！」

J也看向前方，「芷榆？」

「好巧，芷榆怎麼也在這裡吃飯？」我興奮地低頭按下安全帶的按鈕，解開安全帶，正準備打開車門去找芷榆時，J突然抓住了我的手，我覺得莫名其妙，盯著他問：「怎麼了？」

「妳看。」他放開了我的手，指著前方。

然後，原本鬆了一口氣的我又像上緊發條般全身僵硬，我不敢相信地看著走到阿漢身旁勾著阿漢的手的芷榆……

怎麼會這樣？

我摀著嘴，看著眼前這一幕的我覺得自己心臟快要跳出來了。

我揉揉眼睛，「爲什麼芷榆會在這裡？爲什麼會是芷榆？」

J嘆了一口氣，也嗅出了不尋常，「那個男的……」

「是蜜蜜的男朋友。」

說完「是蜜蜜的男朋友」這句話之後，看著阿漢和芷榆親暱地手牽著手，往停車場走去的背影，我的腦子一度陷入了可怕的空白裡，感覺J好像跟我說了什麼，但我卻沒有眞正把他要傳達的意思聽進去。

在這短短的半小時時間裡，我的心情像洗了兩次三溫暖，從緊張到鬆了一口氣，又從鬆了一口氣，再到情緒緊繃、手心狂冒冷汗的狀態。

怎麼會這樣呢？爲什麼事情比我一開始猜測的複雜一百倍？爲什麼蜜蜜明明對阿漢這麼好，阿漢卻要這樣傷害蜜蜜？爲什麼阿漢的劈腿對象竟然是芷榆？爲什麼有這麼多棘手的為什麼？

現在我應該怎麼辦？應該衝下車嗎？

好多的問號不斷浮現，每一個問號背後不僅傷人，而且都還沒有正確答案。

「芷榆沒有見過蜜蜜的男朋友嗎？」J首先打破了我和他之間的靜默。

「阿漢曾來過我們住的地方幾次，好像都沒有遇過芷榆。」

「嗯……」J想了想，皺著眉頭說：「但至少也看過照片吧？妳們女生不是很喜歡和男朋友來個自拍或合照的嗎？」

「沒有耶，」我苦笑了一下，「蜜蜜本來就不太喜歡照相，被你這麼一說，我才想起自己好像也沒看過蜜蜜和阿漢的合照。」

「唉……」J輕嘆了一口氣。

「我不知道現在我應該怎麼做……」我小聲地說著，發現說話的聲音和自己緊握住的拳頭一樣微微顫抖著。

這時候，我放在包包裡的手機響了起來，當我拿出手機，看著手機螢幕顯示來電者是蜜蜜時，我突然猶豫了起來，因為我不敢確定這種情況下是不是能夠以若無其事的語氣和蜜蜜說話。

我握著手機，盯著螢幕上閃呀閃的來電顯示，在心裡交戰著接與不接。

J伸出手，攤開他大大的掌心，「需要我接嗎？」

「不用，我自己來就好。」我吸了一大口氣。

「小競，妳怎麼還不回來？」一按下綠色的接聽鍵，我立刻聽見話筒裡傳來蜜蜜的聲音。

「喔，差不多要回去了，J請客，我一定要吃飽一點才划算。」我瞄了J一眼。

「呵呵！也對也對！」蜜蜜發出笑聲。

「我等一下就回去了，要幫妳買什麼嗎？」

「不用，妳快回來就好了，打電話給阿漢也沒接，芷榆也還沒回來，我快無聊死了啦我！對了，芷榆有說今晚要去哪裡嗎？有點擔心。」

「她……」我嚥了一口口水，努力地想著回應蜜蜜的理由。

「她怎了？」

「她沒有說耶！」我用力握著我的拳頭，暗自希望蜜蜜不要再多問，因爲蜜蜜問得愈多，代表我必須說出愈多的謊言。

「哎呀！我眞笨，一定是跟網友甜蜜約會去了啦！」

「嗯……」

聽了蜜蜜的話，我的心突然像被針扎了一下，我的耳朵聽著蜜蜜說話的聲音，眼睛看著走往停車場漸漸走遠的阿漢和芷榆的背影，在對蜜蜜的不捨以及對阿漢的憤怒之間，我心中形成一種龐大的矛盾與衝突，而這樣矛盾的情緒好像隨時會把我吞噬掉。

「哈，愈講愈多，回來再說囉！」

「好呀！我現在還在市區，會盡快回去的。」

蜜蜜笑了笑，「不過也可以不用理我啦！和J去看個夜景也不錯啊！」

「蜜蜜！」

「開玩笑的啦！我先掛電話囉！」

「嗯，拜拜。」結束了和蜜蜜的通話，雖然這麼說很不應該，但我有一種鬆了一口氣的感覺，我想大概是因爲我連自己的思緒都還沒調整好，暫時還不知道該怎麼對蜜蜜開口。

收好手機，我看著已經走到停車場的那群人，「J……」

「嗯？」

「我心裡好不舒服，我不想讓蜜蜜受傷，也不想讓芷榆難過，可是……」我看著J，釋放出我的無助。

「無論妳想做什麼，我都會幫妳，也會支持妳。」很意外，我腦袋一團亂，沒想到我還沒說出想說的話，他就已經用他低沉有磁性的嗓音給了我答案，「不過如果妳不想讓芷榆難堪，我想盡量不要現在去找那男的對質會比較好，當然，決定權在妳。」

「讓我想想……」

31

最後，我和J兩個人就這樣坐在車上，看著芷榆和阿漢騎著機車離開，只是當他們漸漸離開我的視線後，我的心又複雜了起來。

因爲這一切實在太諷刺，不久前我還看過蜜蜜開心地坐在阿漢的機車後座，戴著白色半罩安全帽，甜蜜地環住阿漢的腰，像個小女人一樣將臉偎在阿漢的背上，但此刻這類似的場景，女主角卻換成了別人，而且是我另外一位好朋友。

我當然知道很多事情無法完全照著自己期望的方向進行，尤其是感情的事。儘管我體內存在著另一個人格，不斷地催促自己走向前去拆穿阿漢，但我還是告訴自己必須先忍一忍，因爲我不願意傷害芷榆，就如同我不願意蜜蜜受傷一樣，所以我選擇坐在這裡看著阿漢和芷榆離開，而心裡的矛盾與震撼始終沒有消失。

「載妳回家吧！明天看怎樣，再幫妳把車子騎回去也行。」

J的話將我的視線從遠處拉了回來，也同時將我的思緒拉回現實，「嗯，謝謝。」

「別想太多。」J的語氣好溫柔，給了我這一句話之後，便放開手煞車，緩緩地把車子往前開動。

「阿漢，就是蜜蜜的男朋友，」我盯著窗外的景象，「我們都知道芷榆和一個網友很好，也知道他們最近開始正式交往了，甚至約了有機會的話大家一起聚聚，但卻沒想到……」我嘆了一口氣，「也許他們早一點見過面的話，這一切說不定就不會發生了。」

「這只是說不定……」J專注地看著前方，邊說話還邊切換車道，繞過一輛龜速的車子。

「什麼意思？」我吃驚地看著他。

「感情這種事很難說。」

「不可能的，芷榆不是這種人，我相信芷榆如果知道阿漢是蜜蜜的男朋友，一定不會跟他交往的。」我斬釘截鐵地說。

「芷榆不是這種人，但那男的呢？」

我抓抓頭，想起了蜜蜜說過阿漢這一陣子態度的轉變，我沉沉地嘆了一口氣，「我不知道，我也不想再去思考……」

「好，那就別再想了，」J停了車，這才讓我察覺原來已經到了我們住處的樓下，

「洗個澡，什麼都別想了，早點休息。」

我苦笑了一下，解開安全帶並開了車門，「謝謝你。」

「不會，睡不著的話，就打電話給我吧！」

「嗯？」我轉頭看著他，不知道只是因爲自己還沒調整好心情同時面對蜜蜜和芷榆，還是因爲他溫柔的目光，我竟發現，此刻的自己似乎不想結束和他的相處。

「還不想上去嗎？」沒想到他一語就說中了我的心事。

我吸了一口氣，把原本朝著車外準備下車的身體靠回舒適的椅背上，「你心情不好的時候會怎麼做？或者，會去哪裡？」

「會去一家讓我很放心的夜店喝個酒，但這種方式不適合妳這種乖寶寶。」

「哼。」我重重地哼了一聲，「乖寶寶」這三個字讓我想起爸媽心目中那個乖巧的梁雨競，身體裡叛逆的因子又被悄悄地喚醒，「那請問適合乖寶寶的方式是什麼？」

「我不知道，因爲從小到大，我都不曾活在乖寶寶的世界裡，」他認眞地看著我，「但我覺得妳現在需要的是洗個澡，然後好好睡個覺，什麼都別想。」

「我不要。」三個字脫口而出時，我意外發現自己竟然是這麼任性。

「聽話。」他皺了皺眉，但聽得出他的反應並不是因爲憤怒。

「你等一下有事情，或是有其他的約會嗎？」

「沒有。」

「那，」我嚥了嚥口水，「可以麻煩你載我去那家能夠讓你安心的店嗎？」

他凝視了我幾秒，像是在考慮什麼般地皺起眉頭，不過我想大概是察覺到我的堅決，於是他嘆了一口氣之後終於答應我，「好，我帶妳去，傳個簡訊給蜜蜜吧！告訴她妳沒那麼快回家。」

「嗯。」我微微地點了點頭，立刻拿出手機傳簡訊，而且心裡對於他在這種小細節上的提醒其實有點意外。

「然後，把車門關上。」他很乾脆地踩了油門，「就去『不是乖寶寶的世界』吧。」

「不是乖寶寶的世界？」我忍不住噗哧笑了出來，我發現這似乎是我在這個漫長夜晚中第一次笑出來的點，「好妙的形容。」

「是的，屬於我的世界。」他微微地笑了。

32

我坐在吧檯前，偷偷觀察這店裡的一切。

原來，這就是所謂的夜店啊？

剛走進這家店時，J總會體貼地注意我有沒有跟丟，甚至像察覺了我的緊張似的，不時會溫柔地拍拍我的肩。但對於第一次到夜店這種地方來的我來說，儘管有J的陪伴，心裡多少還是藏著些許的忐忑。

不過，在J微微地傾了身，對我說了一句「不用緊張，有我在」這樣的話之後，我的心就像吃了什麼具有神效的定心丸一樣，放心了不少。

看得出來J眞的是這間店的熟客，不只是和我們迎面遇上的服務生，就連正在忙碌的店員，或是幾個看起來是客人的年輕人，都還是會特地走向前來和J打招呼。不知道是不是我多想，總覺得他們會偷偷地順便瞄我一眼，尤其碰上對方是女孩的時候，觀察我的眼神裡，好像就會多了一點點打量的意味。

「看起來這眞的是你的祕密基地，好像大家都認識你。」

「是啊！」他笑著點點頭，並沒有多說什麼。

「少爺，等這桌客人的都調好了，待會兒就準備你的。」吧檯裡，原本專心調酒的男服務生特地停下手邊的動作，看了我一眼，對我笑了笑，「妳好，我叫Mark。」

「你好，我叫梁雨競。」我笑笑地打了招呼，心裡很訝異連這裡的服務生都稱呼J爲少爺。

「想喝什麼的話，儘管跟我說，」他繼續剛剛的調酒動作。

「等會兒幫我送到我的老位置去。」J簡潔有力地吩咐了眼前這位大男孩。

「是的。」服務生點點頭，「那這位小姐？」

「小競的話……」J把桌上的menu遞給我，「妳想喝茶類飲料，還是果汁？」

「我……」我湊了過去，發現menu上的飲品名稱每個都好特別，特別到讓人不知道該點哪個好，「那你喝什麼？」

「我喝的menu上沒有。」J溫柔地笑了笑。

「是啊！少爺的J特調是玉瞳姊特別研發出來的喔！」

「嗯？」我看著服務生，再看了看J，「那我也可以喝喝看嗎？」

「不行。」他搖搖頭。

「爲什麼？」

「妳能喝的東西在這裡。」J指著menu上的茶類飲料和果汁區，明明很好看的修長手指在此刻卻好像變得很機車。

「不公平。」我抬起頭，不甘示弱地看著他。

「怎麼說？」他換上了一個似笑非笑的表情。

「人家說借酒澆愁，心情不好的人是我，爲什麼我只能喝果汁或飲料？然後你這個陪客卻可以喝調酒？」

「因為喝酒不是乖寶寶消除煩惱或是忘記不開心的方式。」

「歪理，」我輕輕哼了一聲，直接對著Mark說：「麻煩你也給我一杯和J一樣的特調。」

「對不起，我想妳大概只能點少爺說的果汁或飲料。」

「為什麼？」沒料到服務生的回答竟是如此，我睜大了眼睛問。

「不好意思。」Mark面露難色，苦笑了一下。

「我可以付錢啊，多貴都可以。」

「真的不好意思。」他再次強調，然後小心翼翼地裝飾著他眼前的那杯調酒。

「這……」我皺皺眉。

「哈哈！Mark，隨你幫小競調什麼都好，不含酒精的。」

「是，少爺我待會兒就送上去。」

「走吧！」J笑笑的，拍了拍我的肩。

「喂！」

「抗議無效的。」

「好啦。」儘管我的語氣表達了不滿，也用表情表示了我的不情願，但因為走在前面的他絲毫沒有妥協的意思，我也只好無奈地跟在他後頭，往他的「老位置」走去。

「坐吧！」

「嗯。」和他一樣，我在軟軟的沙發坐了下來，「說到要調酒給我，剛剛那個叫Mark的爲什麼要這麼爲難？我又不是未成年少女。」

「不是妳的關係。」

「不然呢？」

「因爲在這裡，幾乎沒有人敢違背我的意思。」

「原來如此。」我點點頭，並沒有懷疑他的話。因爲一想到剛剛我們進到這家店時，幾乎所有服務生都特地前來和他打招呼的情形，可以推測他說的並不誇張，「你不會是老闆吧？」

「不是，但這家店的老闆娘和我很熟。」

「還知道和我很熟啊？帶朋友來也不會先打個招呼。」走進來的，是一個削了短髮的女人，身上穿著的深灰色七分袖緊身上衣，把她的好身材襯托得玲瓏有緻。

「我剛從吧檯那裡過來，沒有看見妳。」J接過那女人遞過來的兩杯飲品後，將其中一杯果汁放在我的面前，然後對著我介紹，「這位就是我剛剛說的老闆娘玉瞳。」

玉瞳？就是剛剛在吧台的服務生提到的，特別研發J特調的玉瞳姊吧？

「老闆娘妳好……」

「不用叫我老闆娘，聽起來很不習慣，叫我玉瞳姊或玉瞳吧！」

「嗯，玉瞳姊，我是梁雨競，是J的……」

「家教老師吧？」她用她柔柔的聲音打斷了我的話，帶著笑意的眼睛，讓她原本就出眾的外貌更美麗了些。

「呃……是的，是J的家教。」其實，我原本想說的是「同班同學」四個字，不過既然她先提了，我就順著她的話說下去。

「真難得啊。」這個叫玉瞳的女人突然伸出手，拿了J剛喝了一口，還握在手中的酒杯也喝了一口後，放回桌子上，「嗯……我想想，J大概有兩三年沒帶過人來我店裡了，今天是下紅雨啦？看來我可以去買樂透了。」

「想太多了，」J冒出一句話，把剩下的調酒全部喝光，「今晚發生了一些事，小競暫時不想回家，所以才先帶她過來這裡。」

「小競？」玉瞳輕輕地點點頭，然後呵呵地笑了，「沒想到這麼短的時間裡，你對她的稱呼已經從『那個家教』變成『小競』了，看來這個可愛的小家教老師，已經收服了你這個頑固的學生囉。」

「玉瞳姊，才沒有呢！他只是今天心情好才會小競小競地叫我，平常是連名帶姓的，有時候連名字都沒叫，喂喂喂的。」不知怎麼的，我像是擔心玉瞳姊誤會什麼，急急地反駁了她的話。

對於我的反駁，她沒有再說什麼，只是又呵呵地笑了，一樣是眼睛微微地瞇了起來笑彎的那種，「是嗎？」

「這很重要嗎？」J皺起了眉，一副不願意再討論下去的樣子，「對了，玉瞳，等會兒再幫我調兩杯好嗎？」

「當然好，」玉瞳姊嫵媚地笑了，伸出手拍了拍J的臉，「還是我親手調製的比較有感覺吧？」

「當然。」

「好啦！我也該去忙了，我調好後再吩咐Mark送兩杯過來，你們慢慢聊吧。」

「麻煩了。」J將身子舒服地靠在椅背上，呈現出一種很放鬆的姿態。

「對了，打烊後，要不要再過來一趟？我們好久沒有像從前一樣悠閒地喝幾杯了。」儘管燈光昏暗，我卻覺得自己彷彿看見了藏在玉瞳姊眼底的溫柔。

「改天吧！我有點累了，再說我還要送小競回去，」J呼了一口氣，再強調了一次，「改天吧！」

「也好。」玉瞳姊善解人意地點了點頭，往前走了幾步後突然停下來，轉過身看著

J，「他們說你在街上和一個女孩打勾勾蓋印章的時候，我還不敢相信呢！不過看你們這個樣子，我想八九不離十了。」

「哼！妳叫他們少給我在那裡囉嗦。」大概是面子掛不住的關係，J低吼了一句。

「已經來不及囉！這件事情恐怕大家都知道了，不過你會做出當街打勾勾的舉動，怎麼想都覺得很妙。」玉瞳姊邊說邊笑，聲音隨著她的離開而漸漸地變小。

「囉嗦！」

看見J惱羞成怒的樣子，我忍不住笑了出來，然後假裝別過臉，好忽略掉他丟過來的那種「還不都是因爲妳」的眼神。

「沒想到連玉瞳姊店裡的服務生都叫你少爺。」

「當然，我老爸的影響力是很大的。」

我點點頭，「玉瞳姊眞的是這家店的老闆娘啊？」

「是啊！」J已經開始喝了今晚的第二杯調酒，「妳不相信喔？」

「我以爲經營夜店的老闆娘，會是那種個性很阿莎力，看起來一副能呼風喚雨的樣子才對，沒想到竟然是像玉瞳姊這樣的氣質美女。」

「呵，」J搖晃著手中的酒杯，杯子裡的冰塊撞擊出清脆的聲響，「別看玉瞳很溫柔的樣子，骨子裡其實是很硬的。」

「眞看不出來。」

「是啊，很溫柔、很體貼，甚至聰明又敏銳到能輕易的猜出你在想什麼。對很多男人而言，她是個很有魅力的女人，常常有人以爲她柔弱到需要別人保護，其實她是很堅強的。」

「是喔……」我喝了一口手中的飲料，認眞聽著J的形容。

「對了，玉瞳她曾經是鋼琴老師喔。」

「鋼琴老師?怪不得氣質這麼好，而且說話的聲音也輕輕柔柔的。」談到玉瞳姊那細細柔柔的聲音，我突然覺得自己好像在哪裡聽過，正冒出這樣的想法時，記憶恰巧成功地連結上，「玉瞳姊，就是那天家教時，打電話給你的人吧?」

「嗯，還記得啊?」J將手中的調酒一飲而盡，然後又放下了杯子，拿起桌上的第三杯調酒喝了一口，「她那天心情很不好，和男朋友吵架了。」

「所以，你是去勸架囉?」

「不是，」他哈了一聲，「我從沒見過那男的，他是個有老婆的人了，我想玉瞳八成是怕我去找對方，所以始終不肯介紹我們認識。」

「她的條件這麼好，爲什麼會甘心當別人的情婦？」

「大概就是『愛到深處無怨尤』吧。」

我禮貌地點點頭，表示了解，但肚子裡還是帶著滿滿的疑惑，因爲我眞的很難猜透爲什麼像玉瞳姊這麼棒的女人，會甘心當個介入別人婚姻的第三者？眞的是「愛到深處無怨尤」嗎？

我又喝了一口飲料，突然想起一個多小時前看到的，芷榆和阿漢在一起的畫面。如果芷榆知道自己不但是介入別人感情的第三者，還知道自己交往的是好朋友的男朋友時，她會怎麼想，又會怎麼做呢？她會毅然決然地退出，還是像玉瞳姊一樣？

想著，心情又因此沉了下來。

「怎麼了？」J輕輕地問我，「又想到芷榆的事情了？」

「是啊……」我苦笑了一下，放下手中的透明杯子，「連我這個旁觀者都不知道該怎麼辦了。」

「解鈴還須繫鈴人，況且感情這種事，只有當事人能夠，也才知道該怎麼去解決。」

「就算解決了，蜜蜜和芷榆之間的感情，也不可能像現在這麼好了吧。」我輕哼了一聲，說出這句話的時候，我才驚覺到，原來自己擔心的，不只是蜜蜜或芷榆在感情的路上必須跌倒受傷而已，原來藏在心裡最深最深的擔心，還包括了我們三個之間的感情即將受到傷害。

「不管怎麼樣，這都不是妳的錯。」

「是啊，都不是我的錯，但事情的眞相是我第一個發現的。」我邊說邊拿起桌上的那杯J特調，「剩下的一半，我要喝。」

「不行。」他伸出手握住我手上的杯子，碰著了我的手的他的指尖，好像傳遞了一絲絲的溫暖給我。

「拜託。」我皺起了臉央求他。

和我僵持了幾秒後，他沉沉地嘆了一口氣，然後鬆開了他溫暖的手，「喝完，我就送妳回去。」

34

坐在副駕駛座上，我將背靠在舒服的椅背上，還打開車窗，讓徐徐的晚風吹在我臉上。

「原來，把酒精喝進肚子裡的感覺就是這麼一回事啊。」坐在副駕駛座上，我把椅背微微調低了點，然後突然有一種好舒服好舒服，令人感到安心與放鬆的感覺。

只是，此刻的我不太明白，這種安心與放鬆的感覺，究竟是因爲酒精所帶來的影響，還是因爲和J相處的關係。也許這兩者都有可能，只是讓我驚訝的是，曾幾何時，自己和J之間也能相處得如此融洽跟這麼沒有壓力？明明不久前，我們還因爲家教的關係而鬧得不愉快，現在卻這麼奇妙地可以和他這樣相處著。

「心情好一點了嗎？」

「不知道……」我閉上眼睛，「可是這樣靠著，好舒服喔。」

「想回去了嗎？」他的嗓音低沉得好有磁性，但卻好溫柔。

「不想。」我連眼睛都沒睜開，簡短的回答了他的問題。

「那帶妳去一個地方。」

「什麼地方？」

「去了就知道了，不會讓妳失望的。」

「嗯……」我睜開眼睛，不管是表情或語氣都故意得很，「如果失望的話，看你怎麼賠償我精神上的損失。」

「可以，那換個角度想，如果妳喜歡那個地方呢？」他微微地笑了，臉上剛毅的線條因此變得柔和，「妳怎麼感謝我？」

「大不了，就再請你吃大雞腿便當嘛……」

「好。」他笑了一聲，將車子快速駛進快車道，然後快快地迴轉，往原本的反方向前進。

「要多久才會到？」

「二十分鐘左右，妳可以先小睡一下，到了叫妳。」J很體貼地關掉了車內音響。

「不會把我賣掉吧？賣掉的錢記得……」我愈說愈小聲，最後小聲到連我自己都不確定有沒有把話說完，只是隱隱約約感覺到有一隻溫暖的手拍了拍我的頭，要我好好地休息一下。

後來是J喊醒我的，而且當我睜開眼睛時，車子已經停止行駛，停靠在一個我還不認識的地方。

「這是哪裡？」我慵懶地伸了個舒服的懶腰，揉揉眼睛，看著窗外想辨識一下目前的所在位置。

「下車就知道了。」

「嗯……」我解開安全帶，迫不及待地打開車門，一下車就嗅到了屬於大海鹹鹹的氣味，原來J正好把車子停在離海岸線不遠的一處公路旁，「海邊耶！」

J關掉了車子的引擎，走到我身旁時，將一件薄外套披在我肩上，「我的另一個祕密基地。」

「好舒服的海風，好涼喔。」我貪婪地呼吸了一口海的氣味，「還有，好不公平喔。」幾秒後，我看著他說。

「爲什麼不公平？」他邊說，邊拉了我一把，要我跟著他再往前走，走向更靠近海邊的堤防上。

「你的祕密基地都這麼棒。」歪著頭，我看著和我並肩坐在一起的他的側臉，「哪像我，心情不好的時候……通常只會躲進房間裡，然後睡覺。」

他點點頭，輕輕地用「嗯」來表示他的認眞傾聽。

「從前爲了怕家人擔心，哪怕是一點睡意也沒有，我還是會裝睡，硬是要躲在被窩裡，不過，每次都還是會讓我爸媽發現。」

「那妳爸媽還挺了解妳的，你們感情一定很好。」

「當然，」我不假思索地給了個肯定的答案，只是很諷刺地，在我回答的同時，我想起自己和爸媽之間愈來愈無法解決的爭執，「不過現在好像不是這樣了。」

「爲什麼？」

「沒什麼，只是以前乖巧慣了，當我想朝自己想要的方向前進時，大人們不見得能夠接受。」我苦笑了一下，看著眼前黑色的海平面上因爲路燈的映照閃著波光，「其實很多時候也沒有誰對誰錯，我只是想讓自己決定，讓自己做主這麼簡單而已。」

「錯了也沒關係？走了冤枉路也沒關係？」

我看著他，思考了幾秒，「可是你連走都沒有走過，怎麼知道前面的路是冤枉的？」

他哈哈大笑了兩聲，樣子看起來像是我說了什麼笑話般，「妳這個叛逆的孩子。」

「哼，我就不相信你沒叛逆過，就不相信你喜歡被大人安排。」

「坦白說，以前，我偶爾還眞的會希望我爸爸能有多一點時間來管我。」

「嗯？」我挪動身子，想繼續聽他說下去。

「妳也知道，他的角色，其實很難像一般家庭的父母，可以花很多時間陪伴我或管教我什麼的。」他嘆了一口氣，「可以的話，試著和妳爸媽談談吧！也許他們能懂，也許……」

「沒用的！」一想起那天媽媽生氣掛斷電話的事，我直接打斷了J的話，「他們要是聽得進去，也不會搞到現在這種狀況，我也不會……」

「嗯？」

「算了！我不想聊這種討厭的事。」

「小競。」

「我不想聊這個了。」我重申。

「好，」他非常識相，就此打住了話題，「不過，妳想聊的話，我隨時願意聽。」

「謝謝你，但如果可以，我不會想聊的。」

「好，我知道，反正妳本來就是隻出了名的刺蝟，」他沒好氣地說，然後呼了一大口氣，「我不會勉強妳，可是有些事情就算不去想，或者只是一味地逃避，一樣不會有解決方法的。」

「……」我沉沉地嘆了一口氣。

也許察覺了我無聲的抗議，他伸出手輕輕拍了拍我的頭，「沒關係，不想聊的話，就暫時別聊，不過記得我隨時都在。」

「……」我一樣沒有說話，別過臉不回應，並且將視線放在前方，想把剛剛又想起來，和父母之間的爭執拋開不管。

「好啦！小刺蝟，不聊不聊，」他輕笑了一聲，「對了，喜歡這裡嗎？」

「嗯。」我隨便地應了一聲。

「這麼不肯定的『嗯』是喜歡還是不喜歡？」

「回答喜歡的話，以後我心情不好時，你就會帶我來這裡看晚上的海，呼吸晚上海邊的空氣嗎?」

「誰說一定要心情不好才能到這裡來?」

「所以,以後只要我想來,不管心情好不好,你都會帶我來囉?」我心裡好像有那麼一點期待能從他口中得到一個肯定的答案。

「嗯。」

「這種『嗯』是肯定,還是虛應一應故事?」我嘿嘿嘿地伸出手,做出準備打勾勾的手勢,「一言為定,打勾勾。」

「不要。」他站了起來。

「快點啦!」我也跟著站起身,比出「六」的手高舉著,在他眼前晃呀晃,「快點啦……」

「不要。」

「洪智桓!我以家教老師的身分命令你。」我瞇起了眼看著他,為了彌補自己身高上的劣勢,我站到一塊大石頭上,繼續晃著我的手。

「上次在街上已經讓我丟臉丟夠了,這次我絕不妥協。」

「這裡又沒有什麼人,而且打勾勾又不是……啊!」我激動地手舞足蹈,忘了自己站在一塊石頭上,一個不小心沒踩穩,右腳滑了一下,「啊!」

「小心！」

我淒厲地尖叫，準備迎接跌個狗吃屎的命運時，他張開雙臂抱住我，而我就這樣不偏不倚地跌進了他厚實的胸膛。

「哎唷！好痛喔！」站穩後，我揉揉鼻子，有種要飆淚的感覺。

「妳這隻刺蝟還眞不是普通的笨。」抬起頭，我看見他的喉結跟著他說的每個字一起一伏著，然後還發現，此刻距離我好近好近的他的臉，眞的好迷人。

剎那間，我心臟跳動的速度快得不尋常，但靠在他懷裡，我卻突然有一股莫名其妙的衝動，竟然張開了雙手緊緊抱住他。

35

「好舒服喔。」臉靠在他背上，我閉著眼睛說：「我不會很重吧？」

「不會，不過妳都拿出手中那個萬用金牌了，就算妳體重一百公斤，我也還是得背妳不是嗎？」

「沒錯。」得意地回應了他的話，我忍不住地呵呵笑了出來，不知道是不是體內酒精的餘威還在作祟的關係，我發現今晚我好像特別爲所欲爲，竟然在情不自禁地抱住他之後，還任性地拿出贏來的「萬用金牌」，要他背著我走回停車的地方去。

「這樣任性地要你背我，會不會害你丟臉？」

「當街打勾勾的事情都被大家看見了，還有什麼好丟臉的。」他輕輕地說，用像散步般的步伐往前走。

我睜開眼睛，將臉別向海的那一邊，「你生氣了嗎？」

「嗯？」

「我的任性，讓你生氣了嗎？」我看著遠方黑色的海，輕聲問他。

其實，十分鐘以前，當自己不管三七二十一地要他背我時，早就代表了自己決定放縱自己的任性，什麼也不管。

可是過了十分鐘，卻又想從他口中聽到他的答案。

「如果我說我很生氣，妳會下來嗎？」雖然我在他背上，看不到他的表情，但我覺得他說這話的時候是笑著的。

我故意將他的脖子環得更緊了些，「不會。」

「那妳問我這個問題有什麼意義？」

「當然有啊！我想知道你是不是不甘不願地背我，我不希望你不高興或是生氣。」

「我沒有，也不會不高興。」他拍拍我環住了他頸子的手背。

「那就好，哈！舒服到我都想睡覺了，而且如果可以，我……」話說到一半，我停住了原本即將脫口而出的話。今晚僅剩的矜持，告訴自己別把話說下去。

「甚至怎樣？」他側著頭問我。

「沒有。」我呵呵地笑了，賊賊地在心裡告訴自己千萬別把「我甚至想一直讓你這樣背著」的話說出口。

因爲今晚我好像已經太放縱自己，太讓自己隨心所欲地要求J做很多事了。

「還賣關子啊。」

「你知道嗎？除了爸爸之外，我從來沒有讓人這樣背著過。」

他點點頭，小心地跨過一顆大石頭。

「J……」

「嗯？」

「那你曾經像這樣背過別人嗎？」

「有。」他想都沒想，就直接回答我，「有一次玉瞳喝多了，醉到沒辦法走回家。」

聽了J的話，我想起他說過玉瞳姊對他來說是個重要的人，此刻，我心裡突然湧上一股酸酸的感覺，「你是不是很喜歡玉瞳姊？」

「對她的感覺很複雜，」J輕笑了一聲，「有時候像無話不談的多年好友，有時候又像是互相取暖的紅粉知己，有時候……」

「有時候又像男女朋友一樣嗎？」我不自覺地皺起了眉，而且我愈問，就愈想知道，也愈在意他的答案。

他呼了一口氣，「或許有的時候是一種習慣吧。」

「放我下來。」

「嗯？」

我拍了拍他的肩膀，「放我下來。」

他微蹲了身體，小心地將我放下，「怎麼了？」

我走到他面前，抬頭看他帶著納悶表情的臉，「你以前很喜歡玉瞳姊嗎？」

「當然，不然怎麼會跟她交往。」他回答得乾脆。

我吸了吸鼻子，潛意識裡，好像有那麼一點不想聽見他所說出的肯定答案，「那你們為什麼會分手？」

他沉沉地吐了一口氣，「是她提的，她說感覺淡了。」

「所以，分手的當時，甚至是分手後的你，對她的感情從沒有變過嗎？」見他沒有打算回答，我又丟了另一個問句，「還是說，如果後來玉瞳姊沒有跟那個有婦之夫在一起，你就會義無反顧地把她追回來嗎？」

「這種假設性的問題，很難回答。」他聳聳肩，用深邃的眼神看著我。

「就算玉瞳姊提了分手，甚至和別人交往了，但其實你的心裡還是很喜歡她的吧？」他的眉頭輕輕地皺了一下，不過還是被我察覺到了，而且我竟因爲他這樣的小小的表情，心裡那種酸酸的感覺變得更加明顯。

「……」

「爲什麼不把這種感覺告訴她？」

「有些事情不一定要用嘴巴講。」

「當然啊！只是有些事情可以用心感受，但有些事講出來會比較好。」

他一樣皺著眉，「別討論這個話題了好嗎？」

「可是我想知道答案。」當我理直氣壯地說出這樣一句話，看著他臉上奇怪的表情時，我才察覺自己的行爲很可笑。對他而言，我充其量只是個普通朋友，有什麼立場說這樣的話？

想到這裡，我移開眼神不看他，轉過身，背對著他繼續往前走，然後在心裡不斷的告訴自己，不管怎樣都應該忍住這種過度氾濫的好奇心，繼續追問下去也可能只會讓自己陷入尷尬而已。

「小競……」原本走在我後頭的他跟了上來。

我假裝打了個大大的呵欠，為了逼眞，甚至還故意伸了個懶腰，然後盡可能地用輕鬆的語氣說著，「好累喔！想回家睡覺了。」

說完，我邁開大大的步伐，往停靠在公路旁的車子移動。

36

今天，我蹺了上午的第一節課，昏沉的腦袋與疲憊的身體，讓我根本無法離開我溫暖又舒服的被窩。

我賴了一個小時的床，最後才不情不願地來上課。

昨晚J送我回到住處時已經將近凌晨兩點半，蜜蜜和芷榆早已進入夢鄉，為了不吵醒她們，我以最快的速度洗好澡，快快地躲進房裡。只是在我整理好今天上課要帶的東西，躺在床上準備睡覺時，我才發現心裡複雜的情緒害得我精神愈來愈好，原本被酒精影響引發的睡意，好像也突然煙消雲散。

躺上床後，到天亮前的兩三個小時，我翻來覆去，怎麼樣也睡不著，想了很多很多的事，包括了蜜蜜和阿漢、阿漢和芷榆、他們三個之間的三角戀情，還有，為了讓我開心一點，不讓我想太多，在他的「祕密基地」陪了我一個晚上的J。

我提著早餐，拖著疲倦的步伐走到上課的教室，在教室外往裡看才發現教室裡空無一人。我從包包裡拿出手機，打算打電話給蜜蜜問清楚大家究竟跑到哪去的時候，才看見手機裡蜜蜜傳來今天換教室觀賞影片的簡訊，以及兩通顯示來電者分別是「洪智桓」和「蜜蜜」的未接來電。

我呼了一口氣，無奈地喃喃自語抱怨自己早該看看手機，才不會走到這裡之後，現在又必須往距離這棟大樓有點遠的視聽教室移動。

唉……明明整個身體都快虛脫了，還得這樣奔波……

「走吧！」在我轉身往樓梯口方向走去時，有個熟悉的低沉嗓音從角落傳來。

「嗯？」循著聲音的方向看去，在角落的J正帥氣地背靠著牆看著我，「你也現在才來？」

他將原本拿在手上玩的手機放進牛仔褲口袋，「第一節課就來了。」

「是喔……那你怎麼在這裡？不是應該去看影片嗎？」

「聽蜜蜜說妳差不多到了，反正那影片也無聊，想說先溜出來順便來這裡等妳。」

「謝謝。」我裝作若無其事地繼續走著，因爲他的體貼而感到開心，不過，好像是他出聲說第一句話時，聽到他說話的聲音，就產生了一種奇妙的反應，讓我直覺地感到開心。

「沒聽蜜蜜說妳晚點到之前，說實在的我有點擔心。」他走到我身旁，和我一起走下樓。

「擔心什麼？」

「以爲妳不舒服或是怎麼了。」

「其實我只是賴床了，大概是你J特調的酒精濃度太高了。」我苦笑了一下，不提昨晚的失眠。

只是，一想起昨晚因爲紊亂的心情引起的失眠，暫時從腦海拋開的關於芷榆與蜜蜜的事又再度浮了上來，此外，不知道是不是因爲J走在我身邊的關係，我甚至想起了昨晚自己和J相處時很不可思議的任性，想起自己放肆地抱住了他，想起自己抱住他時洋溢在心裡那份莫名的安心感，最後想到的是我問J關於玉瞳姊的問題時，他不想回答的樣子，以及掛在臉上皺著眉的表情。

突然間，那種酸酸的感覺又明顯地浮上心頭。

是吃醋嗎？這麼想起來，好像眞是這麼一回事。

「小心。」有一群人迎面走上來，樓梯間變得擁擠起來，他輕輕地伸出手放在我的肩上，讓我更靠近他一些，好讓那群人走上樓，「在想什麼嗎？怎麼連走路也不專心？」

我故意加快了踩在階梯上的步伐，躲開他放在我肩上的手，「對了，昨天很對不起。」

「嗯？」他縮回了他的手。

「我太任性了，害你浪費了一整個晚上的時間陪我。」

「我並不這麼想，和妳在一起我也很開心。」

他的話讓我打從心裡感到高興，只是一想到他對玉瞳姊的特殊與特別，那種吃醋的感覺就像強酸不斷腐蝕著我的心，然後，我又開始變成討厭的刺蝟，冷冷地回應了個「是嗎」的話。

「小競……」他輕嘆了一口氣。

「眞是的，快來不及了，」趁著鐘聲響起，我故意加快腳步。雖然明知道腿比我長的他總可以輕易地跟上我，但我還是選擇用這樣的愚蠢方式逃開這個話題，「老師上一節課沒有點名吧？」

「沒有。」

「那這節課就一定會點名，我們快走。」我快快地往前走去。

「嗯，走吧！」他跟著我加快了步伐，快快地往教室移動，但我想他絕對看出了我的逃避，只是體貼地選擇不戳破而已。

37

走進昏暗的教室，坐在舒適的椅子上，台前的大螢幕正播放因暫停過久而進入螢幕保護程式的畫面。

「中場休息時間嗎？」我把包包放在椅子下面，同時問坐在我隔壁的芷榆以及蜜蜜。

「是啊！小競睡飽了嗎？」芷榆笑瞇瞇地問我。

「尚可，不過如果可以，我覺得我隨時都能再睡回去。」

和我之間隔著芷榆的蜜蜜探出頭來，「妳還敢說！昨天跑去哪了啊？不是原本就說要回來了嗎？」

昨天……跑去哪了？

蜜蜜的問題，讓我的心悄悄地揪了一下，「我不是傳簡訊跟妳說會晚點回去？」

「有啊！但我和芷榆還是很好奇，不知道你們跑去哪裡約會了啊！」蜜蜜眨了眨她的右眼，還故意曖昧地用肩膀頂了一下芷榆，「是不是啊芷榆？」

「是啊！」芷榆很捧蜜蜜的場，笑著點點頭，「你們後來去哪裡了？」

「去一家J的朋友開的夜店，之後又去了一趟海邊，就只是這樣啊。」我輕描淡寫，怕講得太多，不小心把昨晚心情不好的原因說了出來。

「哇！去海邊看夜景？好浪漫……」蜜蜜雙手合十，露出羨慕的表情。

「不是特地去看夜景，是因爲……」我原本想反駁，說到一半，急急地忍住差點說出口的話，然後暗自在心裡捏了一把冷汗。

「因爲什麼？」芷榆好奇地問。

「因爲我心情不好，要小競陪我去看海。」坐在我左手邊的J挪動身子往前坐了些，出了聲替我解圍。

「所以，兩個人的感情是大有進展囉？」芷榆抓抓頭，露出疑惑的表情，「之前看你們好像水火不容的……」

「水火不容就算了，現在還會一起吃燭光晚餐、還到海邊看夜景耶！」蜜蜜一副乘勝追擊之姿。

「哪有燭光……」我白了蜜蜜一眼，然後撒了謊，「而且只是一家普通的日本料理店。」

「日本料理？」芷榆突然興奮地抓住了我的手，「好巧，我昨天也跟他還有他的同學去吃日本料理耶！」

芷榆的話，讓我突然覺得自己太多嘴了一點，於是我故意打了個大呵欠，試圖結束這個話題，「呼……好累喔！等一下開始看影片時一定要偷偷地來睡一下。」

「用想睡覺來轉移話題？」蜜蜜開玩笑地哼了一聲，「J你說好了，你們去吃哪家日本料理啊？」

「去那家妳們都很喜歡的平價日本料理。」J看起來一點也不像說謊的樣子，「炒烏龍麵很好吃。」

「很好吃吧？」蜜蜜找到同好，音量還不自覺地高高揚起，而我在心裡悄悄地讚嘆，J除了可以去參加說謊比賽之外，他胡亂猜測的好運還可以再去補簽一張大樂透。

「嗯，加點辣口味更棒。」

「對對對！就是要加辣，我們改天一起去吃，或者今天晚上就可以去了。」蜜蜜開心得很，因爲加辣炒烏龍麵是她的最愛，而她總是嚷嚷我和芷榆不懂得加辣炒烏龍麵的美味，好笑的是，J竟然誤打誤撞地說中了蜜蜜的最愛。

「不行啦！我今天要和他去看電影。」芷榆面有難色，不知道是不是我的心理作用，當我聽到芷榆甜甜地說「他」的時候，我心裡竟然很不開心。

而這種不開心，當然不是因爲芷榆的話，也不是針對芷榆個人，是源自於心裡對阿漢這個人的討厭，以及對整件事情的無能為力。

「一起去吃啦！不然邀他過來吃一吃再去看電影嘛……」蜜蜜撒嬌地拉了拉芷榆的手。

「不要啦！」看蜜蜜這麼積極的邀約，我的話不經過大腦就從嘴裡蹦了出來，看見蜜蜜和芷榆因爲我的反應而不解的表情，我才覺得自己好像太直接了一點，「我是說……呃……我的意思是……」

「今天下午我要和小競去附近的海邊拍些照片，生態課要寫的報告。」J笑了笑，「回來不知道幾點了，改天吧。」

「原來是這樣啊！」芷榆點點頭，露出一種放心的微笑，「我還以爲妳不想和他一起吃飯。」

「沒有啦。」我尷尬地揮了揮手。

「哎呀！別想太多，小競邀了好幾次大夥兒一起吃飯，怎麼可能這樣想啦！」蜜蜜看著我眨了眨眼，「其實她是想和J有獨處的機會。」

「蜜蜜！」當我皺著鼻子，瞪了蜜蜜一眼，教室裡唯一一盞亮著的燈暗了下來。老師宣布上課，並請班代繼續播放未看完的影片。

我挪動身體，替自己調整了個舒服的坐姿。我原本打算趁著燈光昏暗繼續補個眠，卻因為剛剛的對話，突然變得一點睡意也沒有。

吸了一口氣，我將頭舒服地靠在軟軟的椅背上，看著台前正在播映的電影，但男女主角究竟說了什麼台詞，其實我一句也沒聽進去。

「小競，我剛剛還眞的以為妳不想跟他認識呢！」芷榆靠了過來，用氣聲在我耳邊說。

「喔，眞的沒有，因為今天和J計畫好要去拍照，我擔心回來晚了。」

「聽妳親口確認，我就放心了。」

吸了一口氣，「芷榆……」

「嗯？」

「妳和那個網友正式交往了嗎？」我看著前方的大螢幕，也許看起來是裝認眞的假動作，但其實我只是不願意看見芷榆談論阿漢時的天眞笑容。

「在很早之前，我們的互動就已經和男女朋友一樣了，昨天……」芷榆低下了頭，我想是因為害羞的關係。

「昨天怎樣了？」不自覺地，我握緊了我的左拳。

「昨天和他的朋友聚餐時，他當場告訴大家我是他女朋友。」

「所以呢？」

「什麼所以？」

「所以這樣就算是正式交往了？」

「是啊。」

「可是你們不是才剛認識不久嗎？」我努力地克制我的音量，而我隱約感覺到體內的腎上腺素不斷不斷地快速分泌。

「但是他很好，我們眞的很喜歡彼此，眞的很……」

「那妳確定自己眞的了解對方嗎？」我的拳頭握得更緊了，如果可以，我眞的好想當著蜜蜜和芷榆的面戳破阿漢。

芷榆遲疑了幾秒，然後才輕輕開口，「我覺得我們彼此了解。」

「……」我沒有回應，瞥了認眞回答我的芷榆一眼，然後再將目光移回大螢幕。

「小競，怎麼了？」芷榆小心地問我，「爲什麼我覺得妳好像有點怪怪的？」

「我……」我咬著下唇，陷入了前所未有的爲難裡，然後在這個時候，有一個大大的手掌，溫暖地握住了我緊握拳的左手，讓不知所措的我突然有了力量。

我想，J一定是聽到了我和芷榆的交談，一定是察覺到了我的爲難，才會用這樣的方式給我力量，要我不用緊張、不用擔心。

可是，爲什麼我會因此感到安心？

天啊，我真的中了他的毒了嗎？

「小競？」芷榆又問了一次，然後懷疑地看著我，「我怎麼覺得妳好像在擔心什麼，或者是有什麼話想說呀？」

「哈！」我擠出笑容，看著表情有點怪的芷榆，「其實我沒有特別想說什麼啦，現在網路世界這麼複雜，我只是擔心我們善良可愛的芷榆被網友騙了而已。」

「我就知道妳是為我好，」芷榆拍拍胸，「害我也開始擔心了呢！」

「別想太多了，看影片吧。」

「嗯。」

影片播完，老師交代完下次心得報告的字數及繳交日期之後，便宣布下課。

「妳們還有兩節課吧？」

「嗯，你要先回去了嗎？」我和J走在芷榆和蜜蜜後頭，一起步出教室。

「沒有，玉瞳剛剛打了通電話給我要我過去一趟。」

「玉瞳姊？喔……」我聳聳肩，心裡那種不喜歡聽見J說到玉瞳姊的反應愈來愈明顯，「那今天要去海邊拍照的事不會延誤吧？如果趕不及，改天也無妨。」

「我想可以。」

「那我想想……」我看著手錶，認眞規畫了今天的時間，「我下課後，喔！我再去郵局匯個書款，那四點好了，我在你家樓下等你。」

「好。」

「拜！」我揮了揮手，沒等J離開，便自顧自地轉身離去。

「小競，妳走那麼快幹麼？」

「哪有。」

「氣氛怪怪的……」蜜蜜嘿嘿嘿地笑了，「看來剛剛妳和J講到的『芋頭姊』來歷不小喔！」

芋頭姊？

當我會意過來時，我噗哧地笑了出來，沒想到玉瞳姊這麼美的名字，被蜜蜜講出來，還有這樣有趣的諧音，「什麼芋頭姊啦！是玉瞳，玉珮的玉，瞳孔的瞳。」

「什麼？芋頭的芋，芋頭的頭喔？」蜜蜜還是一副欠揍的模樣。

「臭蜜蜜，眞想揍妳耶！」我故意握緊了拳，邊走邊在蜜蜜面前揮呀揮。

「芷榆妳評評理，我們家小競好沒良心，竟然要揍我。」蜜蜜繞過我，走到芷榆身邊。

「呵呵！妳們別鬧了啦！」

「看在芷瑜的面子上，我就原諒妳一次。」我揚起了眉，故意重重地哼了一聲。

「妳看，這樣才是我們的梁小競嘛！」蜜蜜又走回我身邊，勾住了我的手，「話說，那個玉瞳是誰啊？」

在打鬧之後，蜜蜜的問題將我拉回現實，「是J的朋友，昨晚我們就是到她開的店裡去，而且……。」

「而且什麼？」芷榆也好奇了起來。

「她曾經是J的女朋友。」我嚥了一口口水。

「那現在呢？」

「早就分手了，而且玉瞳姊現在也有交往的對象，只是和J之間，哎呀！我也不清楚。」我揮揮手，不想再討論這個話題，「反正也不干我的事。」

「小競，妳喜歡J嗎？」蜜蜜劈頭來了一句。

「啊？」

「如果妳不喜歡J，這當然不干妳的事，但如果妳喜歡，這就跟妳有極大的關係。」

「我覺得蜜蜜說得有道理，」芷榆用她甜甜的聲音說著，「小競喜歡J嗎？」

我的眉頭皺了一下，「我不知道。」

「不可能不知道，有時候只是自己不想承認，或是不想正視這個問題而已。」蜜蜜突然認眞了起來，「妳喜歡J嗎？或者是有一點點不一樣的感覺？」

「有嗎？」芷榆也加入了逼問的行列。

「我……」我猶豫了一下，仔細思考蜜蜜和芷榆的問題。

雖然不怎麼確定，但我心裡好像已經有了答案。

不然，我又怎麼會在他面前肆無忌憚地表現我的任性？怎麼會莫名其妙地抱住他？怎麼會在心情不好的時候，因爲他在身邊而感到安心呢？

此外最明顯的感受，也是我潛意識裡最不願意正視的，就是每次談論到玉瞳姊時，我心底那股酸酸的感覺……

「有，對不對？」蜜蜜的表情一樣嚴肅認眞，我知道她其實也有了答案，只不過是想聽我親口將說出來罷了。

「小競，我們是妳的好朋友，如果妳被別人知道，我們也會替妳保守祕密啊！」芷榆也跟著認眞起來。

「不是，我不是怕你們知道，只是，對J的感覺，我自己也還不確定。」我吸了一口氣，然後再緩緩地吐出來，「我承認對J的感覺真的很不一樣，雖然不是很確定，但我想，大概就是喜歡吧！」

蜜蜜得到了想要的答案，開心地笑了出來，「那找個機會跟他告白啊！」

「我不要。」

「爲什麼？」芷榆和蜜蜜異口同聲的問我。

「一來我還不怎麼確定這種感覺，二來……」

「二來怎麼樣？」同樣的異口同聲。

「他心裡對玉瞳姊還存在一種特別的感情，就算告白也只是自討沒趣，日後尷尬而已。」

「那可說不定。」蜜蜜哼了一聲。

「對呀！其實我覺得J對妳也很特別，妳應該也感覺得到吧？」芷榆認眞地問我。

我感覺得到嗎？邊走，我邊思考蜜蜜和芷榆的話。

和J相處了一陣子，從一開始的互相排斥，到現在，我感受到的不僅僅是我個人心情上的轉變，他對我的好，我當然也感受到了，他對我的關心，我也能夠感覺到，有時候，我甚至會因爲他對我的體貼和溫柔感到欣喜，心裡會甜甜的。只是，昨晚J親口承認玉瞳姊對他來說很重要之後，我開始覺得J之所以對我好，應該純粹出自於對一個普通朋友的關心罷了。

我從來就不是一個缺乏自信或是愛與人比較的人，只是，見到玉瞳姊之後，再怎麼不想承認，我仍不自覺地拿自己和玉瞳姊比較。而且和玉瞳姊比起來，我根本就像隻醜小鴨一樣，哪有什麼資格能和天鵝競爭？

「小競！梁雨競！」

「啊？」輕皺了皺眉，在蜜蜜大聲喊我的名字時，我回過神來。

「妳在想什麼啊？」

我苦笑了一下，「我只是覺得，就算我喜歡J，也可能只是單戀而已。」

「幹麼這麼沒自信呀妳？」蜜蜜誇張地將語調揚得高高的。

「妳的條件也很好呀！」芷榆也跟著答腔。

「但是玉瞳姊她可是標準的大美女，何況……」

「梁雨競！」蜜蜜拉住我，走到我面前，看著我，「不准妳這麼沒有自信。」

看著認眞警告我的蜜蜜，「好啦！不聊這個了，先進教室吧。」

「那妳答應我和芷榆不會再這麼沒自信，而且會好好思考一下對J的感覺。」

「我會的。」爲了讓這兩位好友放心，我微微地笑了笑。

「三天後，給我們答案。」

「好像考試喔……」

「是啊！而且是一題一百分的愛情申論題。」

「虧妳想得出來。」

「哈，如果答案是肯定的話，我們再擬定個『梁小競追J大計畫』。」

「謝謝妳喔！」我翻了翻白眼，繞過蜜蜜走進教室。

39

飛奔到J住處樓下時，其實已經超過約定的時間大約十分鐘。因爲老師太晚下課了，讓我必須以最快的速度趕到J的住處，害得我原本預計可以順路先到郵局匯個書款的計畫也被迫取消。怕J等太久，我決定先與他會合，再一起到附近的郵局匯款。

才剛停好車，放好安全帽，那個叫阿修的警衛先生就已經眼尖地看見了我，「梁同學，妳來啦？」

「是啊！J下來了嗎？」我往警衛室裡頭看了一下，沒有看見J的蹤影。

「少爺？」

「嗯，可以麻煩你幫我打通電話上去嗎？」看警衛先生一副疑惑的樣子，我解釋了一下，「今天沒有要上課，我們要到附近的海邊去拍一些照片，做報告用的。」

「可是少爺不在家啊！」

「不在？」

「是啊！早上去上課之後就沒有回來過了，我還以爲妳會比較清楚他的行蹤耶。」警衛先生滿臉疑惑地說，因爲嚼檳榔而變紅的牙齒又露了出來。

「喔，那沒關係，我等他一下好了。」我苦笑了一下，想起J下課時接到那通玉瞳姊打來的電話。

「梁同學，不然妳進來坐著等好了。」

「好啊！」走在警衛先生後面，我進了警衛室，一眼就看見堆在桌子上滿滿的郵件。

我坐在沙發椅上，「分類郵件啊？」

「是啊！電視遙控器在這，或者妳可以看看報紙。」

「謝謝，你忙。」我笑了笑，「我打個電話給J好了。」

「那我繼續忙囉！」

「嗯，謝謝你。」我點點頭，從包包裡拿出手機，只是連打了四通，J都沒有接聽電話。

「少爺還是沒接嗎？」

「對。」我嘆了一口氣，偷瞄了牆上的時鐘一眼，覺得此刻的自己，很像回到第一次家教時，坐在警衛室枯等了J好久的當時。

記得那時候警衛先生也正在認眞地做信件分類的工作，而我也同樣坐在這張沙發椅上等待著，一切的一切好像都沒什麼不同，唯一有差別的，我想是我的心情。

當時的我，只因爲不確定要等多久而有些不悅，但現在，我心裡卻好像多了一些複雜的感受，還有一種酸酸的醋意。

於是，我又撥了第五通電話。

看我又無奈地把手機放在桌上，警衛先生好心地問我，「還是妳知道少爺去哪裡了？我可以幫妳找找看。」

「嗯？」

「少爺下課之後，有說他要去哪裡嗎？」

「應該……是去找玉瞳姊吧！」

「玉瞳姊呀！那我幫妳打去店裡問問看。」警衛先生笑咪咪地停下了手邊的工作，拿起室內電話，看著牆上的通訊錄按了一串號碼後，對我說：「等我一下。」

「謝謝。」

「喂？我是阿修，少爺在店裡嗎？喔……這樣啊，我知道了，好。」警衛先生瞄了我一眼，然後「喀」地一聲掛了電話。

「怎麼樣？」

「稍早的時候少爺是在店裡的，只是大約半小時前離開了。」警衛先生抱歉地笑了笑。

我看了時鐘一眼，「沒關係，從玉瞳姊那裡回來也要將近四五十分鐘吧，應該也差不多了，我再等一下好了。」

「可是……」他臉上還是帶著抱歉的表情。

「怎麼了？」

「少爺他好像是送瞳姊回家，店裡發生了一些事，瞳姊心情不好……」他帶著抱歉的表情說著，「對了，妳剛剛說妳本來要跟少爺去海邊嗎？」

「是啊！」我盡量讓自己看起來一點也不在意地笑著。

他看了看窗外，「但是烏雲看起來愈來愈黑，去到那裡應該也下大雨了，不但危險又不可能拍到好照片。」

我一樣倔強地笑著，「所以我才想快點去啊！今日事今日畢嘛……」

「不然我幫妳轉告少爺，約明天也可以啊！或者……」

「沒關係，我自己去好了。」

「不行啦！氣象報告說今天可能會下大雨，妳自己一個人騎機車太危險了。」

「呵呵！我會注意安全的，」我站了起來，「我看我還是快去快回，J回來的話，幫我轉告他一下喔！」

「梁同學！」

「放心啦！」我笑咪咪地對著他比了個「ＯＫ」的手勢，然後背了包包走出警衛室。

其實，倔強地假裝笑容滿面的我，根本一點也不ＯＫ。

40

像賭氣般地，我告訴自己絕對不可以掉下眼淚。

我騎車騎得好快，到達拍照的地點後，只花了半小時左右，我就拍了好多我很滿意的照片。

當我準備打道回府時，豆子般的大雨竟一滴一滴落了下來。我趕緊拿出事先準備好的塑膠袋包好相機，小心翼翼地收進包包的內袋，快快地往停放機車的地方跑去。

站在機車前，我俐落地穿上雨衣，將鑰匙插上鑰匙孔，準備發動引擎。只是……我心愛的小綿羊，卻好像被突如其來的大雨嚇著似的，任憑我怎麼按引擎的發動鍵，怎麼轉動把手，甚至踩了好幾次踏板，都無法喚醒它。

我著急地看了看四周，想找人幫忙，但大概是因爲下雨的關係，原本還有三三兩兩的遊客，也已經躲得不見蹤影。我拔掉鑰匙，快快地往附近一家雜貨店跑去。

「老闆！」我喘著氣，躲進雜貨店的騎樓，「請問這附近有機車店嗎？」

一個穿著白色背心的胖老闆看了我一眼，放下了手中的報紙，「五百公尺外有一家，不過雨下得那麼大，他應該不可能出門幫妳修理。」

「可是……我的機車發不動，可不可以麻煩您幫我聯絡一下機車店老闆？」

「同學！我就跟妳說雨太大了，他不會過來，妳沒聽到嗎？」

看著胖老闆臉上不悅的表情，我尷尬地笑了笑，「好吧！那可不可以請您明天早上先幫我叫一下機車店的老闆，明天下午我再過來？」

胖老闆睨了我一眼，打開抽屜，翻了翻裡頭的東西，然後從拿出一張名片，「這是機車店的名片，妳自己打過去。」

「喔……」我尷尬地苦笑了一下，「那我先把鑰匙寄放在您這裡，再打電話請機車店的老闆來拿好嗎？」

「放那裡。」胖老闆抬了抬下巴指了一旁的小木櫃

照著老闆的指示，我把鑰匙放在一旁的小木櫃上，「對了，請問離這裡最近的公車站牌在哪裡？」

「繼續往前走大概一百公尺左右。」胖老闆再次拿起報紙，推了推他的眼鏡。

「謝謝！我先走了，明天就麻煩您了。」

離開了這家老闆很妙的雜貨店，我慢慢地朝著老闆指示的方向前進。

今天的風雨實在不是普通大，不知道和接近海邊，氣候不穩定有沒有關係。好幾次，我覺得自己幾乎快被一陣陣強風吹得無法前進，像個努力不懈地往前爬，卻始終無法爬到終點的蝸牛。

愈走，我發現我的心情愈沉重，尤其是當我想起J的失約和玉瞳姊有關時，我的心就隱隱作痛起來。

走進架了簡易鐵皮屋頂的公車站，看了貼在柱子上的時刻表，確定之後還會有公車，我孤單地坐在長型椅子上，等待四十分鐘後才會出現的公車。

五分鐘後，我的手機響了起來，因爲嫌麻煩，原本打算故意忽略，只是手機一連響了四次，害得我不忍心，最後還是拉起雨衣從背包裡拿出手機。

「喂！蜜蜜。」

「小競，妳在哪裡？雨下得這麼大！妳要回來了沒？」

「公車還要大概半小時才會來。」

「妳在等公車？」

「拍完照要回家時，我的小綿羊就發不動了。」

「明明知道會下雨，爲什麼還堅持要去？」蜜蜜愈說愈大聲，「要不是J打電話給我，問妳是不是在家，我還不知道原來妳是一個人騎車去的，梁雨競！妳到底在堅持什麼？」

堅持什麼？

是啊！我在堅持什麼？

蜜蜜的問題問得我啞口無言，甚至讓我自己覺得很可笑，因爲我眞的不知道自己在堅持什麼，也許是在賭氣，也許是想證明自己一個人也做得到，也許我只是想用這種方式，對J的失約做出無聲的抗議。

不過，現在想起來，這些堅持好像都沒有什麼意義。

「小競！我和芷榆坐計程車去找妳好了。」

「不用啦，」蜜蜜的關心，讓我有種想哭的衝動，可是，讓蜜蜜聽出端倪，只會讓電話那頭的她更擔心而已，「公車等一下就來了，放心。」

「眞的可以嗎？」

「放心！等一下就回去了，我先掛電話囉！不講了啦，要是手機淋雨淋壞了，我會心疼死的，拜。」沒等蜜蜜說再見，我直接按掉了結束通話。

然後很不巧的，當我握著手機，終於因爲蜜蜜的關心引爆了潛藏在心中的委屈，最後眼淚不受控制地一滴滴落下時，手機鈴聲又再次悅耳地響起。

我低下頭看著手機螢幕，視線漸漸變得模糊。

最後，我按了關機，原本顯示著「洪智桓」三個字的手機螢幕，最後被「關機中」三個字取代。

41

回到住處，我立刻洗了個舒服的熱水澡。也許是折騰了一個下午的關係，我發現我的身體疲累得可以。喝完玉米濃湯、看了一會兒電視之後，我就躲進了房間想好好休息一下。

我很感謝蜜蜜和芷榆的體貼，其實我知道她們很想和我聊聊，想聽我說說心中的委屈，只是當我表示自己什麼也不想提，而且要回房休息睡個好覺之後，她們也沒有多說什麼，只是告訴我，想說什麼的話，隨時可以敲她們的房門。

她們甚至在看見我紅腫得超級明顯的雙眼時，連一句話也沒問。

關上房間的門，我反常地將門上了鎖，然後躺在床上，閉上眼睛。

我回想今天的所有經過，從蹺掉第一節課，J擔心我不知道換了教室上課，特地到原本的教室等我開始，到他說玉瞳姊有事找他，但他不會忘記要去海邊的約定，再到我擔心他等太久，一下課就立刻衝到他住處，而他始終沒有接電話，還是警衛先生替我問出了他的下落，接著，我拍完照，下起了傾盆大雨，而我的小綿羊故障，接連發生了一連串的悲慘事件……最後我想起了認識他開始到現在，與他的相處和互動。

記得一開始，因爲他的不配合，我的確有些反感，但經過這陣子的相處，我發現他其實是個很不錯的人，而且我似乎也在不知不覺中愈來愈在意他，愈來愈在乎他。尤其是知道玉瞳姊的存在後，這種在意似乎變得愈來愈強烈，從隱約到愈來愈明顯的醋意，更是不斷提醒我藏在心底對J那份很不一樣的感情。

我想起今天上午蜜蜜問我的問題，而我想，我心裡已經有了更肯定的答案。

是的，我想我眞的喜歡上J了。

只是，那又怎樣？我和他之間還有一個玉瞳姊，就算弄清楚自己的心意，又能怎麼樣呢？只是必須更明白、更直接面對暗戀的辛苦，只是必須更努力去假裝，讓自己在聽見他聊到玉瞳姊時能夠若無其事而已……

這樣的我，還能夠期待什麼？把我歸類在乖寶寶世界裡的他，說不定早已經在我和他之間畫下了一條無形的界線。儘管我一直沒有察覺，但他心裡卻很清楚我們之間的距離。

「小競！」芷榆輕輕地敲了敲門，見我沒有回應，又喊了一聲，「小競？」

我擦掉不小心落下來的眼淚，小聲地咳了咳，盡可能維持語氣上的平靜，希望別讓門外的芷榆聽出什麼異樣，「怎麼了？」

「J打了一通電話給蜜蜜，說他正在我們家樓下，我和蜜蜜想說問問妳，要不要讓J上樓。」

「隨妳們，」我嚥了口口水，「但是請告訴他我不在或說我睡了都好。」

「小競，我覺得你們可以當面說清楚，說不定這之間有什麼誤會……」傳來蜜蜜的聲音。

「不了，我累了。」

「小競……我覺得他眞的很關心妳，他剛剛在電話中……」

「蜜蜜，我眞的累了。」

「喔，」我彷彿聽見蜜蜜嘆氣的聲音，「那好吧！妳早點休息，有事的話，叫我們一下。」

「好的。」

當蜜蜜和芷榆的腳步聲漸漸走遠，我就像隻不願面對現實的鴕鳥，用棉被把頭整個蓋住，我蜷縮在棉被裡，先是哽咽，最後竟哭得無法自拔。

42

之所以醒過來，是因為我做了個惡夢。

當我坐起身，瞄了一眼桌上的鬧鐘時，長針短針正準確地告訴我現在時間是十一點四十五分。

夢境的詳細內容，其實我醒來後並沒有記住多少，印象最深的一幕，大概是我和J去逛街，卻不知為什麼時光交錯，突然變成我一個人孤單地站在街上淋雨。正想打電話聯絡J的時候，卻意外看見J和玉瞳姊在對街一家簡餐店靠窗的位置甜蜜地用餐。

而坐在J對面位置的玉瞳姊笑得好幸福、好甜蜜。

嘆了一口氣，我不得不承認好像真有「日有所思，夜有所夢」這麼一回事。我下了床，覺得整個身體有點無力，顧不得半夜吃維他命好像有點奇怪的舉動，我走到書桌前拿了一顆維他命，然後走出房間，決定到客廳去倒一杯水。

走到漆黑的客廳，我打開日光燈，原以爲至少還有夜貓子蜜蜜還在看電視，但出乎意料地發現芷榆和蜜蜜都已經關了房間的燈，進入了夢鄉。

我倒了水，把手中的維他命吃了下去，然後才瞥見放在茶几上的紙條。

紙條上面註明的時間是晚上十點半左右，上頭除了蜜蜜和芷榆寫上對我的關心之外，還有一行很漂亮的字，寫著他很擔心我，要我如果晚上醒來，不管多晚都打電話給他。

我將紙條重複看了一次，發現Ｊ寫上的那行字像有特別的魔力，又悄悄地喚醒了我自以爲復原了的酸楚，看著看著，我的眼眶再次不自覺地盈滿了淚，然後一滴一滴、一滴一滴地落下。

回到房裡的時候，我的情緒已經平緩許多。我將包包裡的東西全部倒了出來，那本被我寫了「打工加油」的筆記本裡頭有幾頁藍色的字跡，因爲淋了雨，微微暈了開來。我隨意翻了翻，有些已經字變得稍嫌模糊，又讓我想起了和Ｊ一起度過的家教時間。

唉……梁雨競，妳要堅強，不可以再想這些無聊又不具意義的事了，再這樣下去，到頭來難過傷心的也是妳自己！畢竟Ｊ的世界已經有了玉瞳姊，儘管他們現在並沒有眞的在一起，儘管有其他男朋友的玉瞳姊不一定會接受Ｊ，但這些都與妳無關，Ｊ和誰在一起也許都有可能，但那個她絕對不會是妳梁雨競。

既然這樣，就結束吧！

我在心裡，狠狠地做了這樣的決定。

於是，我將相機從包裹得很完善的塑膠袋拿了出來，決定要以最有效率的方式把這個生態學報告完成，然後就勇敢地向老闆請辭，辭掉這個也許一開始就不適合我的工作。

43

「小競！」蜜蜜輕輕地拍了拍我的肩，把我從睡夢中叫醒。

「嗯？」我伸了個懶腰，揉揉惺忪的睡眼，發現頭沉沉的，痛痛的，「妳們準備好要去上課囉？」

「嗯啊！」

「我今天想蹺課，妳們先去吧！」

蜜蜜點點頭，「原本也想問妳今天要不要在家休息的。」

「眞不愧是有默契的朋友。」說完，我咳了幾聲。

「對了，妳怎麼趴在書桌上睡著了？」

「昨天醒來的時候妳們都睡了，就想說把生態學報告弄一弄。」

「哇塞，小競妳也太有效率了吧！」蜜蜜握著滑鼠，滾動滾軸，像看見什麼奇蹟般地看著我的電腦螢幕，「不過，妳幹麼那麼拚命，非要熬夜把報告弄完？」

我又咳了幾聲，「我不想拖著，而且……」

「而且什麼？」

「我想今天把報告處理好之後，去找老闆一趟，呃……就是J的爸爸。」

「為什麼？」

「我想辭職。」我苦笑了一下。

「小競？」

「昨天妳問我的問題，」我咳了咳，「我已經知道答案了。」

「所以呢？」

「我喜歡他。」我又用力地咳了幾聲，只不過這一次我是故意這樣咳的，因為我想將微微盈著淚的眼睛，嫁禍說是咳嗽的關係。

「喜歡就喜歡，跟辭職有什麼關係？」

我呼了一口氣，趁機擦了擦差點要掉下來的眼淚，「因為我發現這樣繼續下去，我只會更難過而已，所以囉！還是辭職爲妙。」

蜜蜜嘆了一口氣，「問妳這個問題的時候，我和芷榆都希望聽見從妳親口說出肯定的答案，然後看著妳勇敢地去追求幸福，但……」

我笑了笑，「我懂，只是經過了昨天的事情之後，我想了很多很多，我發現我和J之間其實存在著一種無形卻又龐大的距離，而且，既然有玉瞳姊，我梁雨競根本不算什麼。」

「幹麼對自己這麼沒信心？」

「我只是看得更清楚罷了。」

「其實，我覺得昨天的事說不定是場誤會，昨晚J來找妳的時候，我看得出來他是眞的很著急，很……」

「蜜蜜，我不想聽。」

「小競……」

「哈！」我拿起一旁的鬧鐘，指著上頭的時針，「再不出門就要遲到囉！」

蜜蜜也瞄了一眼鬧鐘，「嗯，的確要來不及了，對了！如果老師點名的話，我就幫妳請病假喔！」

「謝謝。」

「那……」

「嗯？」

「那J問我的話呢？」

「就說……」

對啊！該說什麼好呢？

冒出這樣的念頭，我突然覺得自己很可笑，先別管J會不會問，但我既然已經打算忘記他，又幹麼這麼在乎呢？

「就說什麼？」

「隨便妳說。」我咳了咳，「反正，都沒有關係。」

「好，」蜜蜜點了點頭，「那我和芷榆去上課囉！」

「路上小心！」

「那我把我的機車鑰匙放在客廳，妳要出去就騎我的車。」蜜蜜拍拍我的肩，反正今天我和芷榆的課都一樣，她載我就好了。」

「喔，好，謝謝。」沒有蜜蜜的提醒，我還眞的忘了我的機車還在海邊。

「對了！妳昨天把書款匯過去了嗎？」

「沒有，昨天有點趕。」

「還是下課後，我幫妳去郵局一趟？」

「沒關係，反正我也會出門，我自己再去匯就好了。」

「那我們走囉！」說完，蜜蜜便離開我房間。

而我忍著身體的不適感，想把打好的報告重新閱讀並整理一遍，做個漂亮的結束，再去找老闆提出辭職，順便爲自己尚未成熟就夭折的感情做個結束。

44

「不好意思，老闆他出國去了，要下下星期才會回來。」Kevin很禮貌，一樣穿著筆挺的西裝。

「是喔……那老闆還是會打電話跟你聯絡吧？」我咳了咳，爲了禮貌，到這裡之前，我特地買了口罩戴上。

Kevin點點頭，「這麼聽起來，是有什麼重要的事情嗎？」

「是的，」我吸了一口氣，發現自己好像因爲中途放棄而有點心虛緊張，不過我還是故作鎮定地將已經被我裝進盒子裡的手機放在桌上，「請你轉告老闆，我想辭職。」

「嗯？」Kevin的眉揚了一下，「爲什麼？是J的問題嗎？」

「不是，是我個人的關係。」

「嗯……」Kevin將背靠在辦公椅的椅背上，思考了幾秒，「妳想清楚了？決定好了嗎？」

「是的，我覺得對你或是對老闆都很抱歉，只是……對目前的我而言，辭職是最好的決定。」

「妳先在這等我一下，」Kevin站了起來，拿起西裝外套口袋裡的手機，「我撥個電話，我想我必須先跟老闆報告一下。」

「好，謝謝你。」我抱歉地笑了笑，直到Kevin離開了我的視線，我才敢收回我臉上的笑。

還不到十分鐘，Kevin就推開辦公室的門，走了進來，並坐回他的位置，「我聯絡上老闆，也將妳的決定告訴他了。」

「謝謝……」

「他還是希望妳可以考慮一下，先別急著做決定。」

「其實，我眞的已經決定好了。」

「梁同學，」他往前坐了些，手指在桌上敲了敲，「老闆說也許妳遇到了什麼困難，或者和阿桓之間發生了什麼不愉快，他相信妳是考慮過後，才會提出辭職的。」

「嗯。」

「但老闆希望能夠當面跟妳談談，也希望在他回國之前妳可以再重新考慮一下，到今天開始到下下星期四左右的時間，就當作是放假好了，薪水一樣計算。」

「怎麼可以？我……」

「梁同學！」Kevin打斷了我的話，「我晚一點會通知阿桓最近先暫停家教，再請妳好好考慮。老闆要我順便告訴妳一聲，如果下下星期他回國和妳談過之後，妳還是堅持現在的想法的話，他不會爲難妳的。」

「可是照常領薪水的話，我會過意不去的。」

「別想太多，請妳考慮一下，」Kevin站起身，「沒有別的事的話，我還有個會議要開。」

「好的，」我識相地跟著站了起來，「那就麻煩你告訴J家教暫停，等老闆回國，我會親自跟老闆談談的。」

45

離開了大樓，和Kevin聊過並請他向老闆轉達我的決定之後，我放心了一點，儘管未來還必須再當面跟老闆溝通一次，但對目前情緒紊亂的我來說，這已經是一個暫時讓心情沉澱下來的好方法了。

我騎著蜜蜜的機車，前往最近的郵局。只是，當我走進郵局，並抽取了號碼牌，寫好該塡寫的資料時，我翻遍了整個包包，就是找不到那包被我用淡藍色束口袋裝著的書款。

會在哪裡呢？郵局的櫃檯顯示已經「叮叮」地跳到了我號碼牌上的數字。我坐在位置上，努力找著還是找不到那包裝了三萬多元的束口袋……

確定束口袋沒有在包包之後，我立刻衝出郵局，決定先回住處，先確定有沒有在房間裡，如果沒有，再慢慢想想看有可能忘在哪裡。

一路上，我冷汗直冒地連闖了好幾個紅燈，騎車的速度也比平常快很多。我根本無法想像，要是那三萬多元不在家裡，接下來我應該怎麼處理？算一算，我戶頭裡的錢，根本也還不到書款的二分之一啊！

一定是老天爺對我的懲罰，懲罰我這麼沒有恆心，隨隨便便就要脾氣辭去工作。當我飛快地衝回住處，徹底地把房間大搜索過後，仍然找不著那個束口袋。

呼了一口氣，我盡量讓自己冷靜下來，開始回想昨天下課後的行程，以及最後一次看見束口袋的時間點。

應該不是掉在昨天上課的教室才對，我想了想，感覺起來昨天下課後好像還看見過束口袋，下課後我沒有去匯款，擔心J等太久，所以直奔他的住處，後來，在警衛室裡待了一會兒，接著……

天啊！該不會遺失在海邊吧？如果眞的掉在那裡，我看這眞的是凶多吉少了。

我再傳了個簡訊給蜜蜜，麻煩她跟芷榆到昨天上課的教室找找看之後，我立刻衝往J的住處。一路上，我祈禱著老天爺別這麼狠心地對待我，我以後做每件事情一定會堅持到底，希望老天爺只是給我小小的警告就好。

46

「梁同學！」警衛先生很快就看見了我，接著疑惑地看了一眼日曆，「少爺不在耶！不對啊！今天有家教嗎？」

走進警衛室之前，我連續咳了好幾聲，「今天……咳……沒有家教，我也不是來找他的，我來找一下東西。」

「找什麼呢？妳感冒了啊？」

「嗯，今早起來的時候，就發現喉嚨怪怪的了，大概是昨天淋了雨的關係吧。」

「昨天的雨眞不是普通的大，我才在想說希望妳沒淋到雨耶。」

我尷尬地笑了笑，「我不但淋到了雨，我的小綿羊還壞在那裡。晚一點有空的話，我還要再去牽呢。」

「那最後妳怎麼回來？」

「搭公車回來的，對了，請問你有沒有看見一個淡藍色的束口袋？」

「束口袋？」

我點點頭，「淡藍色的，裡面裝了我要匯給書商的錢，還有一張寫了同學名字的紙條。」

「恐怕妳要失望了。」他不好意思地抓抓頭，「因爲我今天一大早才把這裡整理了一次。」

我嘆了一口氣，雖然這應該是料想中的事，但心裡多少因爲奇蹟沒有出現而感到失望，「那我知道了，謝謝你。」

也許我失望的表情太過明顯，警衛先生不忍心，於是他走到沙發椅前，認眞地看了看桌角或椅子旁的角落，「說不定是我沒注意到，我再來找找看……」

「沒關係，」我拍拍他的背，「應該沒有掉在這裡，我晚一點去海邊牽機車的時候，再注意看看有沒有在機車的置物箱裡。」

「裡面的錢應該不少吧？」他皺了皺眉，「看妳這麼著急。」

「嗯，有三萬多塊。」我揮揮手，「不過沒關係，我再找找看好了，謝謝你，我先走囉。」

「路上小心，梁同學，如果眞的找不到書款的話，妳身上有那麼多錢可以處理嗎？」

皺起了眉，我露出既尷尬又難看的苦笑，「沒有。」

「那妳打算怎麼辦？」

我聳聳肩，「我不知道，先找找看，眞的沒有就跟同學借借看吧。」

「其實我覺得妳可以跟少爺說一聲，別說是少爺豪爽的個性，我相信只要是妳的事，他一定會二話不說幫忙的。」

「是嗎？」我輕笑了一聲，「不過，我並不想找他幫忙。」

「爲什麼？」

我停頓了幾秒，猶豫該怎麼向他解釋，「總之，我不想找他幫忙就是了。」

「喔……好吧。」

「我先走了，」我揮了揮手，邁出警衛室的門那一刹那，突然想起我的生態學報告，於是停下腳步，轉身看著警衛先生，「對了，這個請你幫我拿給J，請他直接交給老師就可以了。」

「喔，好的。」警衛先生先是愣了一下，接著才點了點頭接過了我手中的報告。

「另外，其實我剛剛去過老闆的辦公室了，表達了我要辭職的意思，所以我以後可能不會再到這裡來了。」

「老闆答應了？」

「老闆還在國外，我還會再找時間跟他談談就是了。」

「是因為昨天的事情嗎？」

「哈！說不是好像有點牽強，不過嚴格說起來，昨天的事也只是讓我看清楚更多事情而已。」

「梁同學？」

「這段時間謝謝你了，我先走囉。」再次揮揮手，我頭也不回地往停車的地方走去。

走著，當我準備從置物箱裡拿出安全帽時，一輛黑色的小金龜車正巧停在離我不遠的大門口。我好奇地往車上瞄了一眼，正巧看見坐在駕駛座上的玉瞳姊，以及副駕駛座上的J。

我的心跳莫名其妙地加快，像逃避什麼一樣，我立刻將安全帽戴上，甚至還刻意將安全帽的透明面罩拉了下來，也拉起了口罩，讓口罩蓋住我大半的臉，小心避免他們發現我的存在。

原本想什麼也不管地離開，但我心裡那股強烈的酸酸的感受，又促使我留在原地，然後忍不住將視線往那部小車飄了過去……。

玉瞳姊臉上帶著優雅的笑意，但副駕駛座上的J看起來好像不怎麼開心，他轉過頭和玉瞳姊說了幾句話後，便解開了安全帶，並且開了車門。

這時候，玉瞳姊正巧往我的方向看過來，我爲了不讓自己偷窺的行爲看起來太過明顯，我假裝若無其事地將機車牽出停車格，然後再若無其事地發動機車。

當我轉動把手，機車已經發動，而我想不出還能有什麼僞裝動作時，我又忍不住往他們的方向看去，這時，正巧看見坐在駕駛座上的玉瞳姊將她玲瓏有致的身子靠向副駕駛座上，輕輕地用她性感的唇吻了副駕駛座上的J。

像看見了什麼不該看的畫面，我倉皇失措地移開了我的視線。

然後，我的心，頓時彷彿停止了跳動……

47

梁雨競，妳這個自作多情的笨蛋。

人家明明就是天造地設的一對，妳偏偏要踩進來湊什麼熱鬧？

這下好了，把自己弄得這麼狼狽不堪，就算難過也只能躲在角落裡哭泣而已！

「小競？」J叫住了我，讓我回過神來，而且我發現玉瞳姊已經開走了她那部小車。

我吸了吸鼻子，看著走到我身邊的J，沒有回應他，我只是悄悄地在心裡告訴自己，絕對不能在他面前讓眼淚掉下來。

「妳現在不是應該在上課嗎？妳又蹺課了？」他皺了皺眉，見我咳了幾聲，「還是昨天淋到雨，感冒了？」

我脫下安全帽，看著他冷冷地說：「就算感冒，也與你無關吧！」

「昨天的事我很抱歉，因為玉瞳她發生了一些事情，我必須……」

「必須趕著去安慰她、照顧她嗎？」我冷冷地哼了一聲，「所以我就活該被爽約，活該一個人飆去海邊遇上大雨是不是？」

「妳聽我說，我眞的很抱歉，但是事情不是妳想的那樣。」J嘆了一口氣，眉頭緊緊地皺了起來。

「是啊！不是我想的那樣，直到剛剛看見玉瞳姊她……」說到這裡，我發現心痛的我，竟然沒有辦法在J面前將剛剛映入眼簾的畫面說個清楚，只是控制不住地，讓眼淚一串一串滑了下來。

「小競，妳不要這樣，我可以解釋。」J伸出手，卻被我揮開了。

「我不想聽這些討厭的話，反正我討厭你、就是討厭你！要不是你，我不會一個人跑去海邊遇上大雷雨，然後車子發不動，最後狼狽地搭公車回來！要不是因爲你，我也不會因爲不專心，被老師指定要收那莫名其妙的書款，要不是因爲你，我不會因爲趕時間弄丟了那三萬多元！要不是因爲你，我不會變得這麼討人厭！都是你、都是你！」像失去了理智般地，我吼出了心裡一連串的委屈，儘管我很清楚，這其實都只是我很沒理由的遷怒而已。

我怎麼會不明白，我心裡最最在意的其實就只是他跟玉瞳姊之間的事情……

「小競，妳能不能冷靜一點？」

「不能，我看到你就無法冷靜，」我瞪著他，「因爲我討厭你！很討厭！」

他用他充滿哀傷情緒的眼神看著我，「眞的討厭我？」

「是！」我擦掉我的眼淚，堅定地看著他。

「好，我知道我現在不管說什麼妳都聽不進去，不過給我一點時間，我會向妳解釋甚至是證明這一切。」

「你沒有必要向我解釋或是證明什麼，而且我今天提出辭職的要求了，所以我們的家教關係也已經結束，什麼也不是了。」

他沉沉地嘆了一口氣，像是刻意控制自己的情緒般地，「我先送妳回去好了。」

「不用。」

他突然牽住了我的手，「我送妳回去。」

「不要。」我試圖甩開他的手，卻因此被他握得更緊，「放開我！」

他沒有放開緊握著我的手，另一隻手還俐落地拿了我的安全帽，將安全帽掛在機車後視鏡上，「等會兒我請人把車子騎回去。」

「洪智桓！」

他走到我面前，背對著我，將我往他背上攬了過去，然後很快地把我背起來，站起身，「我送妳回去。」

「洪智桓！放我下來！你這個討厭鬼，放我下來！」

「如果妳真的討厭我，大可把我當成空氣，不用理會我。」

「洪智桓！」我用力拍打他的肩，想讓他將我放下。

「不管妳怎麼用力，我都會堅持送妳回去的，而且我聽蜜蜜說妳好像感冒了，回去之前，我會先陪妳去看醫生。」對於我的「攻擊」，他始終不爲所動，只是自顧自地背著不配合的我，繼續往他的車子走去。

48

J送我回住處後，我在房裡哭了好久，最後還沉沉地睡著了。直到手機鈴聲響起，才讓我從夢中清醒了過來。

「喂？」我躺在床上，將床邊的手機拿了過來。

「梁同學嗎？」電話那頭的聲音有點熟悉。

「是的。」

「我是少爺這裡的警衛阿修。」

我咳了咳，「喔……警衛先生，有什麼事嗎？」

「我找到妳的東口袋了。」

「眞的假的？」坐起身，我發現自己頓時清醒了過來。

「是的，不過……」

「不過什麼？」

「不過不好意思，我想向妳確認一下裡頭的金額總共是多少，呃……」警衛先生停頓了幾秒。

「沒關係，」我笑笑地打斷了他的話，認爲警衛先生的欲言又止是因爲不好意思的關係，「應該的，本來就應該問清楚，世界上有這麼多束口袋，也不能確定這個束口袋是不是我的。」

「抱歉喔！」

「眞的沒關係，裡頭一共有三萬七千零五十元，」我想了想，「對了，裡面還有一張寫了班上同學名字的紙條。」

「三萬七千……零五十元嗎？」警衛先生慢慢唸出我剛剛說出的數字。

「嗯，還有一張紙。」我緊張地等待答案的公布，發現自己此刻的心情就像等待大學放榜般地緊張。

「喔！那沒錯！」他呵呵地笑了。

「眞是太好了，我還以爲……以爲……找不回來了，謝謝你。」

「對了，這筆錢是要匯給書商的嗎？」

「是的，我等一下過去跟你拿。」

「我待會兒就下班了，反正我也會順便到郵局辦些事，乾脆順便幫妳匯過去好了。」

「這樣麻煩你，好像有點……」

「梁同學，妳別客氣，我只是順便幫妳而已，那妳手邊有書商的帳號嗎？」

「有，我都存在手機裡了。」

「那就麻煩妳用簡訊傳給我吧！」

「我等一下立刻傳。」

「好的，我先去收拾一下東西，掛電話囉！」

「拜……等一下！警衛先生！」

「嗯？」

「謝謝你，謝謝你不嫌麻煩地又幫我找了一遍……」鼻子酸酸的。

「哈哈！這是小事，眞要謝的話就謝少爺吧。」

「爲什麼？」

「哈哈！要不是少爺要我再找一遍，我恐怕還不知道這個裝了錢的束口袋躺在警衛室裡呢！」

「我……」

「好啦！不跟妳聊了，掛了電話後記得回傳個簡訊給我，我幫妳匯過去就行了。」

「嗯，謝謝。」我又說了一次感謝。要不是他的好心，我想我不會有這個失而復得的機會。

掛了電話之後，我立刻傳了簡訊，告訴警衛先生書商的帳號，而正當我因爲鬆了一口氣而開心時，我的手機又響了起來。

「小競，妳在家裡嗎？」

「是啊，」我看了一眼鬧鐘，確定蜜蜜已經上完最後一堂課，「下課了吧！」

「沒錯，我想說反正沒事，不然我現在跟芷榆一起去海邊幫妳把車子騎回來好了。」

「不行啦！」我皺起了眉，「這樣太麻煩你們了，我可以自己……」

「梁小競，妳給我乖乖在家休息，」蜜蜜放大了音量，「這通電話是告知不是請求。」

「不要啦！我還是……」

蜜蜜再次打斷了我的話，「反正妳現在就是幫我打電話去機車店說一下就對了，告訴他大概一個小時後會有人去店裡，就這樣了！拜拜！」

話。

「喂！蜜蜜？」我看了一眼手機，確定通話已經結束，蜜蜜還眞的帥氣地掛了電話。

將手機放在一旁，先是接了警衛先生電話又接了蜜蜜電話，我心裡突然有一種複雜的感受。

這樣的感覺摻雜了書款失而復得的開心，還因爲好友蜜蜜和芷榆的幫忙，讓我溫暖的感動。

想到我在J住處樓下，因爲遺失了書款而遷怒他，對他大吼、無理取鬧。當我心裡泛起一絲絲不好意思的同時，我又想起爭執之前他和玉瞳姊在車上的互動……

心裡那種酸到不行的滋味又迅速地襲了上來，我才更加地確認自己內心深處眞正在意的，其實是J和玉瞳姊之間的的互動與感情。

然後我的眼淚又再次不聽使喚地一滴滴落下。

49

我想我變成了一隻愛裝死的刺蝟。

和J的爭執之後，已過了一個多星期，Kevin在這之中曾依照老闆的指示打了通電話給我，詢問我想辭職的心意是否改變，只是當我表明了自己還是想辭職的決心，請他幫我轉告老闆之後，Kevin給我的回覆是，「老闆最近很忙，恐怕要到下個月才有時間跟妳好好談談。」

在這段時間裡，我總是盡可能地避開和J接觸的機會，眞要遇上了有時候因爲報告而非得交談時，我也只是用最冷淡的態度來面對他。除了報告的討論之外，其他的事一律不提。儘管在他面前我盡可能地裝得堅強，但往往在這樣的互動之後，回到家裡一個人時，被我拚了命藏在心裡，拚了命想忽略掉的喜歡又會被悄悄地喚醒……

然後我才發現，對他的喜歡，完全沒因爲互動的減少而減少，反而因爲我的刻意逃避愈來愈強烈。

「小競，都下課了，還發什麼呆啊？」蜜蜜敲了一下我的頭。

「哈！哪有……」我尷尬地笑了笑，隨意收拾了一下桌上的東西，然後站起身走在蜜蜜和芷榆後頭，和她們一起走出教室。

「晚餐要吃什麼？」蜜蜜看了一眼手錶，「剛剛上課時，我肚子咕嚕咕嚕叫的。」

「吃大雞腿便當好了。」我隨口提議，但其實一點也不餓，好像是因爲剛剛想到J的關係，情緒一直不怎麼好。

「大雞腿便當喔……」蜜蜜摸了摸下巴，「可是我比較想吃那家日本料理店的炒烏龍麵。」

「嗯，我也滿想吃那家的。」芷榆柔柔地說，帶著微笑，「小競想不想吃？」

「都可以，我沒有特別想吃什麼。」

「那就去那家吧！小競真的沒有意見？」

「嗯，我沒有意見。」

「那就說定囉！我的口水都快流下來了，我們快點走啦。」蜜蜜突然抓住我的手臂，拉著我，稍微加快了腳步。

跟著蜜蜜和芷榆加快的步伐，我們快快地往停車場走去，然而卻在快到停車場的人行道上，看見了雙手插在口袋裡，影子被夕陽照得好長好長的J。

J？我的心明顯地抽搐了一下。

「上次約好要一起去吃的，一直找不到機會。」

「蜜蜜！」我停下腳步，皺起了眉抗議。

「一起吃個飯又沒關係，就算現在不是家教老師跟學生的關係，也還算是同班同學啊！」

「我不想去！」

「小競，沒關係啦！蜜蜜都約好了，而且J都在等我們了，臨時取消也不好意思。」芷榆拉了拉我的手。

「梁小競同學！妳不要這麼小家子氣好嗎？」蜜蜜拉住了我的手，繼續往前走。

「是啊！就當作同班同學一起吃飯，走啦……」

我嘆了一口氣，皺著一張不情不願的臉往站在前方不遠處的J走去。

「好飽喔……」走出日本料理店，今晚食量極好的蜜蜜不顧形象地打了一個嗝，「J，很好吃吧？經典的炒烏龍麵加辣。」

「的確不錯。」J笑了笑，開朗的笑容。

「那下次換你介紹好吃的店囉！」

「有什麼問題，改天再一起去吃。」

「不過下次希望你們兩個不要再鬧彆扭了，在這種氣氛下吃飯會消化不良的。」蜜蜜誇張地扮了個鬼臉。

「哈，」J聳聳肩，並沒有回應蜜蜜的話，「妳們在這等我，我去把車子開過來。」

「喔，好啊……」

看著J跑向停車場，芷榆才開口，「小競，整個晚上妳都沒說什麼話。」

「對啊！有幾次J跟妳說話，妳都只是冷冷地回應單字而已。」

「我沒有什麼要說的，」我抿抿嘴，「更何況我本來就不想和他吃飯。」

「梁雨競同學！妳一定要這麼倔強嗎？」蜜蜜雙手扠在腰上，對我有點小抱怨。

「對呀！J眞的很在乎妳，那天他到家裡來的時候，他也承認對妳很在乎，」芷榆也加入了說服我的行列，「小競，爲什麼不先聽聽看他的解釋，再來決定要不要原諒他？」

我吐了一口氣，「可是我覺得沒有這個必要，現在這樣的相處方式不是也很好嗎？反正和他的關係只是同班同學而已，不用有什麼交集。」

「這樣眞的很好嗎？」蜜蜜提高了音量問我，眉毛揚得高高的。

「……」看著蜜蜜，我發現我竟無法理直氣壯地回答她的問題。

「妳明明就很在乎他，爲什麼不願意給他一個解釋的機會？」

蜜蜜的問題難倒了我，「我不知道。」

「小競，聽聽自己心裡的聲音，我相信妳也不喜歡和他處在這種尷尬的關係裡吧？」也許怕氣氛太僵，芷榆用很輕的語氣說著，「妳連聽他解釋的機會都不給，這樣不是苦了他也苦了妳自己嗎？

「再說，就算J失約的理由妳無法接受，但只要他誠心道歉又有什麼關係呢？」

我別過臉，暫時不想回應什麼，只是將目光移向遠處，咀嚼著蜜蜜和芷榆的話。

如果今天的立場互換，我是蜜蜜或芷榆的話，我應該也會這樣勸自己的好朋友，只是一旦自己身為當事人，這一切的一切好像就變得不那麼容易。

和J爭執後的這幾天，其實每天他都會來電，只是最後我總是讓他的來電落在未接電話的清單裡。

我知道這樣彆扭的自己很討人厭。我從來也不是個愛生氣甚至不願意給人解釋的機會的人，但不知怎麼的，遇上J之後，我好像就是無法冷靜地聽他解釋，好像眞的變成了一隻討厭的刺蝟。

「小競……」

「嗯？」

「妳是不是在逃避什麼？」蜜蜜看著我，「還是妳在擔心J給妳的答案，是妳不想聽的？」

我仔細想了想，發現蜜蜜的問題好像精準地說中了什麼。

「J來了！」芷榆指著正好往這邊開來的車。

「小競，好好想一想吧。」蜜蜜拍了拍我的肩，「當然不管妳的做法會是什麼，我們都會支持妳的。」

「謝謝妳們……」

51

才剛坐上車，蜜蜜就著急地大叫自己的手機忘在店裡，於是便和芷榆兩個人衝回店裡，留下我和J兩個人單獨在車上。

蜜蜜下車之後，我一直沒有說話，只是靜靜看著車窗外，盯著日本料理店的大門，希望蜜蜜和芷榆能夠快快出來，打破凝結在我和J之間的尷尬。

這次車內高級音響裡傳來的不是搖滾樂，而是最近被重新翻唱的一首抒情歌。我想起剛剛蜜蜜所說的話。

蜜蜜說得一點也沒錯，我倔強地拒絕接受J的解釋，其實好像眞的是在逃避什麼吧。

然後，我終於發現當自己在J的面前裝得好堅強、好不在乎，沒聽他解釋失約的原因也可以很瀟灑的同時，說穿了我心裡也只是沒有勇氣去接受一個可能會讓我難過的理由罷了。

換句話說，此刻的我終於明白，原來眞正的梁雨競一點也不瀟灑、一點也不堅強。

「小競，這一個多星期以來，少了家教時間，我很不習慣。」

「是嗎？」我依然看著窗外，頭也沒回，「我記得你本來就不喜歡老闆幫你請家教的安排不是嗎？」

「我承認，但我也不會否認和妳相處的這段時間，我很開心。」

「……」我沉沉地呼了一口氣，沒有回答。

「還有，那天眞的對不起。」

「沒關係，因爲這好像也不重要了。」

「是嗎……」J自顧自地繼續說著，「那天那男人的老婆突然跑到玉瞳店裡，一哭二鬧三上吊的，還帶了一把美工刀過去。」

我將J的話一個字一個字地聽進耳裡，發現整件事情好像遠比我想像的複雜許多，

「那玉瞳姊呢？」

「玉瞳的手被劃了一刀，當時場面有點失控，店裡的人才會立刻打電話給我，要我過去一趟。」

我挪動身子，轉過頭看著J，「然後呢？」

「在我趕到之前，服務生也先報了警，雖然事情暫時告一段落，但那個男人的老婆還是堅持要告玉瞳妨礙家庭。」

聽了J的敘述，我心裡突然被許多複雜的情緒佔據，爲玉瞳姊所遭遇到的委屈而泛起一絲絲的同情。但一想到玉瞳姊在車上親吻了J的畫面，我心裡又開始被一種酸酸的、苦苦的感受塡滿。

玉瞳姊明明是喜歡那個有婦之夫的，爲什麼又要在車上親吻J？

「所以，玉瞳姊要和那個男人分手了嗎？」

他點點頭，「是的。」

「所以，你和玉瞳姊的感情要重新開始了嗎？」我一個字一個字說出口，心裡苦苦的。

「老實說，遇到妳之前，我其實一直在等待玉瞳回心轉意的，即便她早已有了交往的對象，即便她已經不只一次告訴我，說我和她沒有復合的可能，但我還是一直在她身邊守候著她，」他將看著我的目光移向前方，「只是，遇到妳之後，有些事情好像變得不太一樣了……」

「嗯？」我皺了皺眉，心跳因爲他沒說完的話而加快。

「遇到妳之後，我開始在想，自己對玉瞳的感情，是不是早已經起了變化。」他輕輕地笑了一下，「有時候我甚至懷疑，我對妳的在乎與重視，早就超越了我對玉瞳的感覺。」

「J……」我發現J現在說的每一句話，好像隨隨便便都可以讓我的心跳快到破表。

「因爲玉瞳而失約，讓妳難過了，眞的對不起，只是，看妳這麼不開心，我心裡又何嘗好過？」

我看著J誠懇的眼神，發現心裡對他的不開心好像已經悄悄散去，甚至因爲他的話而有一絲絲的開心與感動，「蜜蜜說我在逃避，說得一點也沒錯。」

「什麼意思？」

「一開始是氣你失約，但之所以賭氣不理你，說穿了只是因爲我擔心從你口中聽見太多關於玉瞳姊的事吧！」我輕輕地笑了笑，注視著他那深邃的眼神，「其實……」

「嗯？」

「我知道你喜歡的是玉瞳姊那樣的女人，或者是像天天那種個性好又可愛的女孩，但是我明明知道這是不爭的事實，我卻還是……還是……」好緊張，我的心跳快到幾乎要令我休克，「還是……」

「還是什麼？」

「還是……悄悄地喜歡上你了。」說著，我因爲將藏在心裡的祕密說出口，感覺如釋重負，鼻子好酸，有一種想流淚的衝動。

「小競……」J伸出手，輕輕地碰了碰我的臉，「其實我……」

在J正打算說什麼的時候，車門被打開來，「幸好沒被人撿走，不然我會哭死喔。」

「對啊！」在蜜蜜之後，芷榆也坐進了後座，「幸好工讀生先幫我收起來了。」蜜蜜開心地說：「J，我們可以出發囉！」

J從後視鏡上看著蜜蜜，微笑地點了點頭，放開手煞車，「好，送妳們回去。」

「剛剛……」蜜蜜賊賊地嘿嘿嘿笑，頭探了過來，「我好像看見你們兩個靠得很近喔……」

「哪有……」我小聲反駁。

「好，沒有就沒有。」蜜蜜又嘿嘿了兩聲，「不過至少看起來，你們似乎和好了，J對吧？」

「嗯。」J微微地笑了。

「呼！那就好，」蜜蜜誇張地呼了一大口氣，「還好你們已經和好了，不然我和芷榆都快被這種沉悶的空氣悶死了。」

「對啊！」芷榆點點頭幫腔，和我們一起開心地笑著。

此刻的我，因爲這和樂的氣氛而感到溫暖，也因爲和J誤會冰釋而開心……

52

J送我們回到住處後，他就先離開了。

而回到住處的我們，又繼續在客廳聊了將近一個小時。

在蜜蜜追問下，我將在車上和J的對話一五一十地告訴這兩位好姊妹兼室友，除了在車上的大和解外，還包括自己在毫無心理準備的情況下所做的告白。一開始蜜蜜和芷榆對於我所說的話總是很有興致地聽著、開心地和我討論。可是，當我開口問她們，想請她們幫我預測一下J的想法時，對戀愛議題超有興趣的蜜蜜卻反常地嚷著「改天再聊，想回房間睡覺了」，而且一向很溫和，幾乎不會拒絕別人的芷榆，也告訴我她想回房間跟網友msn。接著兩個人快快地回去各自的房間，留下覺得奇怪的我。

因爲毫無睡意，我打開電視轉到某個綜藝節目頻道。和J誤會冰釋，我發現我的心情明顯輕鬆許多。當然除了輕鬆之外，還有一種淡淡的喜悅感。

我將身體舒適地靠在椅背上，把剛剛和J在車上說的話複習了一遍，愈想，我心裡愈有一種複雜的感覺。畢竟我眞的沒有想過，也從沒預料到自己會這麼坦白地將近日來的心情告訴J，甚至還情不自禁地將心中對J的喜歡當面說了出來……

他心裡是怎麼想的呢？對於我的告白，他心裡有沒有一絲絲感動？或者只是莫名其妙，覺得前一秒還在賭氣，後一秒就告白的我，根本就是一隻可笑的刺蝟？

嘆了一口氣，我無奈地抓了抓頭，因爲自己的可笑行爲而感到無奈。自己明明就再清楚不過他對玉瞳姊的感情不是嗎？爲什麼此刻我又隱約地在心裡有一份小小的期待？

哈！梁雨競，妳這個大笨蛋！

就算當時他沒有當面拒絕，但這又代表什麼？妳怎麼會笨笨地去猜測他會不會因此感動呢？

梁雨競，妳眞的是太可笑了……

我試著放鬆身體躺在沙發上，呆呆地望著天花板，試圖想克制住自己始終繞著J打轉的思緒。但愈是努力，我好像就愈擺脫不了關於J的一切。

接著，我想到了蜜蜜她們找到手機，回到車上之前，J伸出手，輕輕地碰了碰我的臉，讓我的心跳跳得幾乎快休克的畫面……

當時J沒說完的話是什麼呢？是要回應我的告白吧？只是……他本來要給的，是肯定或是否定的答案？

我坐起身，發現自己突然有衝動想打電話給他。當我拿起手機，迅速地從通訊錄裡找到他的電話，幾乎要按下撥打鍵時，我又猶豫了起來。

然後像個呆子一樣地看著手機好幾分鐘，在撥與不撥之間交戰，最後還是因爲提不起勇氣而作罷。

正當我把手機放下，手機鈴聲在此刻響起。

我訝異地看著手機螢幕上的來電顯示，按下接聽，「J？」

「睡了嗎？」話筒傳來的，是他溫柔又低沉的聲音。

「還沒有。」心的跳動，又加快了。

「妳在看電視嗎？隱約聽到電視的聲音。」

「嗯……」我弓起了膝，將下巴舒服地靠在膝蓋上。

「謝謝妳的原諒，這件事眞的是我不對。」

聽著他溫柔說話的語調，我不自覺地揚起了嘴角，「沒關係，是我脾氣不好，早就應該先聽你的解釋了。」

「今晚在車上的時候，我想有些話我沒有說清楚……」

「嗯？」呼吸變得好急促。

「其實，」他停頓了幾秒，「我和玉瞳之間，已經不再是當初那種感情了。」

我深深地吸了一大口氣，然後再緩緩地吐了出來，「你的意思是說，不再是愛情了嗎？」

「是的，和她相處的感覺，就像和一個認識很久很久的朋友一樣。」

「所以……」

在我還不知道該回應什麼的時候，他又開口，「至於天天，雖然我很欣賞她，也當面對她說過如果她不是翔的女朋友，我會追她，但那份感覺只是很單純的欣賞而已。」

「聽你這麼說，我好驚訝。」我苦笑了一下，然後又煞風景地想起了玉瞳姊吻了J的畫面。

「至於妳……和妳相處了一段日子，雖然一開始有很多摩擦，不過我還是覺得很開心。」

「眞的嗎？」

「當然……」話筒彷彿傳來J輕笑了一聲的聲音，「總之和妳相處眞的很開心，也很謝謝妳的喜歡，我……」

謝謝妳的喜歡？

所以，這是J對我的告白所做的拒絕嗎？

「我知道了！」因爲還沒做好被拒絕的心理準備，我急急地打斷了他的話，然後吸吸發酸的鼻子，發現心裡苦苦的，「對嘛！我早該料到像我脾氣這麼不好的刺蝟，怎麼可能會有人喜歡……」

「小競……」

「哈！你好囉嗦喔……放心啦！是我自己一廂情願喜歡你，我不會拿出萬用金牌強迫你和我在一起的。」我盡可能用開朗的聲音說著，但眼淚卻控制不住慢慢往下掉，而此刻，我只祈求電話那頭他不會發現我的異樣，「對了，應該是後天吧……我會去一家補習班應徵櫃檯的工作。」

他嘆了一口氣，「我聽蜜蜜說了，不過我以爲我們的誤會解釋清楚後，妳會繼續當我的家教。」

「哈！」我摀住了嘴，「我才不要……如果愈來愈喜歡你怎麼辦？」

「小競，妳在哭嗎？」他不但沒有回答我的問題，反而還拋出一個讓我不知道該怎麼回答的問句。

「哭？」我故意將語調高高揚起，仰著頭不想讓眼淚太過氾濫，「怎麼可能？我可是最堅強的梁雨競耶……不跟你說了啦！我要準備睡覺囉！拜拜……」

「眞的沒事嗎？」

「嗯，拜……」

然而，我結束通話後，眼淚再也不受控制地一滴一滴落下。

J的那句「謝謝妳的喜歡」，就像回音一般，始終在我耳邊圍繞著。

然後，心刺刺的。

眞奇怪，原來刺蝟偶爾也會刺傷自己……

53

晚上七點半，我坐在某家補習班的某間教室裡，瞄了一眼台上的講師，認眞地抄寫擔任補習班櫃檯這份工作需要注意的事項時，放在我桌上的手機突然震動起來，嚇了我一大跳。

我假裝若無其事地看了看台上的講師正在說明學生缺課一定要聯絡家長，然後才拿起手機，檢視了一下手機螢幕上的簡訊。

是蜜蜜傳來的訊息。

「小競，原來阿漢對我的冷淡，不是因爲他參加學治會而忙碌的關係，是因爲他劈腿，和另一個女孩在一起了，而且那個女孩還是芷榆……小競……我好痛苦……眞的好痛苦。」

重複看了兩次蜜蜜的簡訊，我想起之前蜜蜜說過她也許會自殺，然後我的手微微地顫抖著，心跳的速度也變得愈來愈快，於是，我舉起了手，「老師，不好意思！」

講師看著我，其他的應徵者的目光也迅速移到我臉上，「同學，有什麼事？」

「不好意思，我有急事，必須先離開！」我邊說，邊將桌上的東西全部收進包包裡。

「那妳可能就會失去這次應徵的機會。」講師嚴肅地說。

「失去就失去吧！不好意思。」又說了一次「不好意思」，我站起身，迅速地衝出教室。

爲了能盡快聯絡上蜜蜜，我邊走樓梯邊撥打蜜蜜的手機，但連打了幾次，都轉進語音信箱，於是我只好再試著聯絡芷榆，但得到的回應也同樣是轉進語音信箱。

眞的出事了嗎？爲什麼蜜蜜和芷榆的手機都沒有回應呢？我的老天爺，請一定要保佑蜜蜜沒事，保佑蜜蜜別想不開……

我以最快的速度跑著，還因爲漏踩了一階階梯，差點跌了個狗吃屎……

還能找誰幫忙？

不知怎麼地，當我開始思考有誰可以幫我先到住處看看蜜蜜有沒有做出什麼傻事時，浮現在我腦海中的，竟然是J的臉。

該打給他嗎？

不管了！我一樣跑著，一樣快速地從手機裡找到J的電話，按下撥號。

「喂？」謝天謝地，J很快地接了電話。

「喂？J，請你先到我住的地方好嗎？蜜蜜知道阿漢劈腿的事情了，我擔心她會做傻事，備用鑰匙在門外腳踏墊下，我馬上趕回去。」

J很乾脆地答應了我，然後也很快地掛了電話。

老天爺呀！請祢一定要讓蜜蜜沒事……

54

打開住處的大門，我打開日光燈趕走客廳裡的漆黑。我發現空無一人的家裡，冷清得讓人害怕。走到茶几前，我擔心地看著上頭的紙條。

「對不起，我實在無法想像和我在一起這麼久的阿漢竟然會愛上別的女孩，我曾經以爲我是他的唯一，可是爲什麼我不但不是他的唯一，那個女孩還是我最要好的朋友？爲什麼……」紙條上蜜蜜寫著。

在紙條的下方，是芷榆的字，寫著，「小競，我一回來，看見蜜蜜做了傻事，我叫了救護車，有最新的狀況再聯絡妳，在家等我電話。」

紙條從我手裡滑落，而且我覺得自己彷彿聽見了心好像碎了的聲音。

蜜蜜，妳這個笨蛋！

阿漢劈腿，是他不懂得珍惜妳！阿漢背著妳和芷榆交往，那是阿漢太過分，跟妳一點關係也沒有，該受到懲罰的是阿漢，不是妳啊！爲什麼妳要做出這樣的傻事呢？

「蜜蜜……妳這個笨蛋！」我難過地跌坐在茶几旁的地板上，大哭。

「小競。」熟悉的低沉嗓音。

我抬起頭，看著蹲在我面前的J，「J，蜜蜜她……她這個笨蛋。」

「我知道，別哭。」他拍拍我的頭，然後溫柔地捧著我的臉，「剛剛我和芷榆聯絡上了，她說蜜蜜經過急救已經沒事，現在還在觀察中。」

「眞的嗎？」我吸吸鼻子。

「嗯，」他將我的頭靠在他胸前，爲了讓我舒緩一點，輕輕撫著我的背，「等會兒我再載妳過去看蜜蜜。」

聽到蜜蜜沒事，又能這樣埋在J溫暖的懷裡，我發現心情因此舒緩了許多，像那天晚上在海邊一樣的安心感，又悄悄塡滿了我寒冷的心。

「J……」張開雙手，我緊緊抱住了他，而他也回應了我的擁抱。

「妳這樣哭，我會心疼……」

「J，蜜蜜不會有事吧？」

「不會的。」他將他的下巴輕輕靠在我頭上。

「是我不好，這陣子我只顧著自己在賭氣，只顧著對你不開心，根本沒有關心蜜蜜的事，我覺得我好自私，蜜蜜會自殺，我想都是……」

「小競，別想太多。」他拍了拍我的肩。

「剛剛我想了很多，我在想，是不是一開始就不應該隱瞞蜜蜜，早就該告訴蜜蜜芷榆和阿漢的事，你說是不是？」

「是啊！」房間裡，突然冒出了蜜蜜中氣十足的聲音，我看了過去，看見蜜蜜充滿活力地和芷榆一同走了出來，「蜜蜜？芷榆？妳們不是在醫院嗎？」

「在醫院的話，不就錯過這場精采的戲碼了嗎？」

我看了微微笑著的J一眼，難爲情地放開了我抱住他的手，「你們串通好的？」

「當然啊！我們可不想一直看見愁眉苦臉的梁雨競。」蜜蜜呵呵地笑了。

J站起身，拉了我一把，然後和我一起坐在沙發上，「是啊。」

「你們很過分耶！」我搥了搥J的手臂。

「誰叫妳，知道阿漢劈腿還隱瞞我和芷榆。」

「對啊！」芷榆噘了噘嘴，「算是給妳的小懲罰。」

「我只是……只是……」因為不知道該怎麼解釋，我吞吞吐吐了起來，然後看著J，希望他能夠幫我說說話。

「她們是跟妳開玩笑的，」J親暱地摸了摸我的頭，「放心。」

「對呀！我們怎麼可能會跟自己的好姊妹生氣。」蜜蜜開心地笑了。

「嗯……」

謝天謝地，幸好蜜蜜沒事……

而且看起來，蜜蜜和芷榆以及阿漢之間的三角習題，似乎已經在我毫不知情的情況下有了一個不錯的結果。

「話說，要不要開始吃今天的大餐啦？」

「大餐？」我睜大了眼。

「嗯，J特地請了日本料理店的師傅到這裡來，為我們準備了一頓大餐喔。」芷榆笑著說。

「是喔？」我往廚房看了看，然後看著J。

「嗯。」J溫柔地笑著，「上次我們吃的那家。」

「那我等不及了。」我嘻嘻地笑了，跟著大家站起身，卻不小心踢到茶几桌腳旁的一個東西。

咦？我將那個踢到的東西撿了起來。

「爲什麼束口袋會在這裡？」打開束口袋，裡頭裝了好多錢，「警衛先生那天不是說在警衛室找到了嗎？」

不對呀！我想了想，發現了這其中的不對勁。

「走吧！我肚子餓了。」J哈哈地笑了笑，往廚房的方向走去。

「J！」我急急地拉住本來準備轉身的J，然後仰起頭瞇起了眼質問，「是不是你的主意？」

「不然我怎麼承受得了妳對我的龐大怒氣？」他又笑了，眼睛都瞇起來的那種笑，然後他握住我的手，拉著我往廚房走去。

被他緊緊握住了手，雖然好像很多事情我都被蒙在鼓裡，但眞的因爲J對我的保護而感到窩心。

原來自以爲我和J已經成了兩條平行線，其實一直是被他這樣照顧著的……

55

「所以，阿漢劈腿的事情，J早就跟妳們說了？」

「嗯，」芷榆點點頭，雖然看起來一切都好，但我還是覺得她臉上閃過了淡淡的哀傷，「其實妳怪怪地問了我關於那個網友的事的時候，我就有點懷疑了。」

「對不起……」我苦笑了一下，「是我錯了，原本想找個機會和妳們說清楚的，卻因爲和J之間的不愉快，搞得我自己也……眞的對不起。」

「沒關係，妳今晚已經說了好幾次對不起了。」蜜蜜抿抿嘴，然後嘆一口氣，「如果我是妳，也會不知道怎麼開口吧！畢竟，兩個當事者都是自己最要好的朋友。」

「是啊！整件事情的經過，其實在你們結束了家教的那段時間，J就已經和我們兩個當面說清楚了。」芷榆嘆了一口氣，「雖然我眞的很喜歡阿漢，但才剛交往的我，和蜜蜜比起來，根本沒有資格說什麼的。」

我嘟起嘴，「不夠意思喔！你們三個人都沒有跟我說。」

「這陣子，看妳因爲J的事這麼難過，又急著找新的工作，我們怎麼忍心煩妳。」蜜蜜認眞地說：「而且J已經替我們找阿漢出氣了喔！總之，這段時間發生了很多妳不知道的事情就對了。」

「眞的假的？」我看著J問。

J微微地笑了笑，「我只是在徵得了蜜蜜和芷榆的同意之後，先給了阿漢一點點教訓罷了。」

「到底怎麼回事啊？」我皺起了眉，眞想知道答案。

「等我和芷榆走過情傷，再慢慢講給妳聽，」蜜蜜嘿嘿地笑了。

「還賣關子喔……」我嘟起了嘴抱怨。

「現在講太多關於阿漢的事情，只會讓我想更多而已。」蜜蜜無奈地聳了聳肩。

「那好吧！等妳們想說了再跟我說。」

「好啦！邊吃邊聊，」J拿了手捲遞給我，「特製給梁雨競的，生菜多一點的鮮蝦手捲。」

「你還記得？」

J哈哈一聲，爽朗地笑了笑，「當然，記得喜歡的女孩愛吃的東西，是天經地義的事。」

「喜歡的女孩？」聽到這幾個關鍵字，我的心跳又開始跳得不規律。

「嗯，喜歡的女孩。」

「就算我脾氣硬得令人討厭，你還是喜歡我嗎？」

「是的，就算妳是全身長滿了刺的刺蝟，我還是會選擇緊緊地抱住妳。」

「哎唷！你們不要在我們兩個失戀者面前演這種甜蜜的戲碼好嗎？」蜜蜜誇張地皺起鼻子，「芷榆，看來我們也應該快找新的對象來閃一下他們了！」

「是啊！」

「妳們很討厭耶……」我小聲地抱怨著，耳根子有一種熱熱的感覺。

56

「爲什麼老闆突然要請我吃飯啊？」我握著J的手，和他一起走進一家很高級的餐廳。

「我也不知道，」J聳聳肩，「那天他來找我算帳，問我是不是欺負妳，才會讓妳興起辭職的念頭時，一聽到我說我們已經和好，而且成爲男女朋友的時候，他竟然笑得合不攏嘴，然後要我邀請妳今天一起吃飯。」

「是喔……」我摸摸下巴，「他不會要大卸我八塊吧？」

J哈哈地大笑了兩聲，揚起眉問我，「妳也會擔心啊？」

「當然啊！」我嘟起了嘴。

「放心，我老爸很明理的，而且就算他想找妳算帳，也得先得到我同意才行。」

「眞的？」走到他面前，我踮起腳尖瞇起了眼，看著他。

「眞的。」他捏了捏我的鼻子，「對了，昨晚玉瞳傳了一個簡訊給我。」

「我不想聽。」我別過臉，故意賭氣。

「那就算了，不聽妳會後悔。」他繞過我，自顧自地往前走。

「J！」我往前跑了幾步，跟上他大大的步伐，「好啦！我聽聽看。」

「不是不要聽嗎？」他輕哼了一聲。

「我要聽，別忘了我手中有一面萬用金牌，你要乖乖聽我的話。」我耍起無賴。

「好，她要我告訴妳，其實那天在我家樓下，她是因爲看到妳，才故意親我的。」

「眞的嗎？」

「是啊，有機會的話，妳可以當面問問她。」J捏捏我的臉蛋，「話說，妳看事情怎麼都只看一半？」

「什麼意思？」

「那天妳只是看見她吻我，結果就不管三七二十一，哭得跟什麼一樣。」

「誰會想看自己喜歡的男生跟另一個女人，而且還是女神級的人物接吻啊！」我不悅地反駁J。

「等一下，」J抓住了原本想轉身往前走的我的手，「她是吻了我沒錯，但後來我推開她耶，妳都沒看見就氣成那樣。」

「你真的推開玉瞳姊了？」

「是啊！」他又捏了一把我的臉，「而且，那是她主動吻我，根本就稱不上是接吻。」

「雖然有點距離，但我就是看見她性感的嘴唇貼在你嘴唇上，這不是接吻嗎？」

「當然不是。」

「明明就……」他伸出了他修長的手指碰了碰我的唇，阻止我把話繼續說下去。

「這才叫做接吻。」他輕輕地攬了我的腰，然後低下頭，將他的唇溫柔地貼在我的唇上。

57

走進高級餐廳的包廂，我整個人震驚地傻了幾秒。

「爸、媽？」我揉揉眼睛，不可置信地看著和老闆坐在一起的爸媽。

「你們遲到囉！」

「叔叔、阿姨？」J牽著我的手，引領我跟著他一起入座，「你們是小競的爸媽？」

「是啊！」媽媽笑著，「我們家小競個性很拗吧！」

「聽說，不久前還鬧脾氣說要辭職啊！」爸爸補了一槍。

「爸！媽！」我皺了皺鼻子，「老闆，這是怎麼回事啊？」

「哈哈！」老闆哈哈大笑，「小競，妳還好意思問怎麼回事啊？」

「啊？」我抓了抓頭。

「妳忘了小時候過年常常來我們家作客，而且總是會買一大堆零食給妳和妹妹們吃的大鬍子伯伯囉？」

「大鬍子伯伯？」我睜大了眼睛，將視線移到老闆的臉上，「難怪一直覺得老闆有一種親切感，只是現在少了鬍子，所以我怎麼想也想不起來在哪裡見過。」

「哈哈！因爲當時妳還是個流著鼻涕愛哭的小女孩啊！」

「才不是呢……」我難爲情地笑了笑，「咦？那J……」

頓時，我恍然大悟。

難怪，當我接了家教的工作，看到Kevin在手機上存給我的J的照片，以及當我第一次看見J時，會有一種似曾相識的熟悉感，原來，他就是小時候那個常常把棒棒糖送給我的大哥哥。

難怪，那天面試的時候，老闆會形容我，說我果然是聰明的女孩，眞不愧是……什麼什麼的話。

原來老闆早就知道我是從前那個流著鼻涕又愛哭的小女孩啊！

咦？難道……

「這也是你們的安排？」我看了看爸爸，再看了看媽媽。

爸媽同時點了點頭，然後爸爸咳了咳，清了清喉嚨，「事情說來很巧，在我們和妳爭執的那段時間，我們和妳大鬍子伯伯正好聯絡上，他正好問到你，所以無意間聊起了這件事。」

「是喔……」

「不過，其實妳大鬍子伯伯說得對，我們家小競眞的長大了，也應該要有自己做主跟選擇的空間，不應該一直被我們牽著走了。」

「爸……媽……」鼻子酸酸的，「謝謝你們……」

「傻孩子。」媽媽拍了拍我的臉頰，溫柔地看著我，「下次放假，可不要只顧著談戀愛，要記得回家喔！妹妹她們老是唸說妳好久沒回家了。」

「媽！」我撒嬌地拉了拉媽媽的手，已經好久沒有像現在這樣和媽媽撒嬌了。

「對了，小競！」爸爸突然看著我，「這次妳和阿桓交往的事，可是妳自己做的決定，所以如果阿桓惹妳生氣，或是兩個人吵架了，傷心難過的結果可要自己承擔的喔。」

「爸！」我皺了皺鼻子，小聲地抗議著，「我知道啦……」

「好啦！我們邊吃邊聊，邊吃邊聊。」老闆拿起筷子，豪邁地夾了第一道菜送進口裡。

「是啊！邊吃邊聊。」呵呵地笑了笑，爸爸也拿起了筷子。

坐在我身邊的J，偷偷地用他溫暖的大手握住我的手，我突然有一種被甜甜的幸福圍繞的感覺。

而我也緊緊地握住他，如果可以，我想我不會輕易地放開他的手。

因爲這緊握住我的大手，是我爲自己的愛情所做的抉擇。

【全文完】

〈後記〉仍然在前進

離開之後才發現，原來自己想念從前的程度，竟出乎我意料之外的深。尤其在完成了這個故事，正在寫這篇後記的此刻，我發現潛藏在心裡的那份感覺呼之欲出地將我擊敗……好想念你們，想念從前大家一起努力的日子，想念那忙了一整天卻開心的每個午後，更想念每位總帶著天真笑容陪在我身邊的孩子們。呼！請原諒我，竟然貪心且放肆，不管三七二十一地非得要用這樣的開頭，寫上這樣的一些話不可。說完了，就言歸正傳吧！《愛·抉擇》的故事，從梁雨競與父母的爭執，接著想應徵「彈子房」工讀生的工作卻成了同班同學的家教老師開始，到卸下了刺蝟的武裝和J談戀愛，再到梁雨競與父母和好的安排，最後到了這篇後記。關於刺蝟梁雨競和J的故事，終於畫下了句號。希望您會喜歡，這個和「彈子房」有一點關係，又好像不怎麼有關係的故事。希望您會喜歡，在這好冷好冷好冷的季節裡，Micat與您分享的第六本實體書，同樣的，如果您願意，我們就約定在下個幸福的故事裡繼續遇見彼此！最後，一樣要由衷地謝謝您們，不管是此刻捧著書的您，或是部落格、BBS的大家，以及Micat最最親愛的家人、朋友、Richard，謝謝你們總是給我好多好多的愛與支持，因為有你們的鼓勵，才能讓Micat在任何時候，有著滿滿的勇氣向前邁進。

Micat

國家圖書館出版品預行編目資料

愛．抉擇 / Micat著. -- 初版. -- 臺北市：商周, 城邦文化出版：家庭傳媒城邦分公司發行, 民100.02

面； 公分. --（網路小說；169）

ISBN 978-986-120-517-5（平裝）

857.7 99025366

愛．抉擇

作　　者／Micat
企畫選書人／楊如玉、陳思帆
責任編輯／陳思帆

版　　權／翁靜如
行銷業務／朱書霈、蘇魯屏
總 編 輯／楊如玉
總 經 理／彭之琬
發 行 人／何飛鵬
法律顧問／台英國際商務法律事務所　羅明通律師
出　　版／商周出版
台北市中山區民生東路二段 141 號 9 樓
電話：(02) 2500-7008　傳眞：(02) 2500-7759
blog：http://bwp25007008.pixnet.net/blog
email：bwp.service@cite.com.tw
發　　行／英屬蓋曼群島商家庭傳媒股份有限公司城邦分公司
聯絡地址：台北市中山區民生東路二段 141 號 2 樓
書虫客服服務專線：(02) 25007718．(02) 25007719
24小時傳眞服務：(02) 25001990．(02) 25001991
服務時間：週一至週五09:30-12:00．13:30-17:00
郵撥帳號：19863813　戶名：書虫股份有限公司
讀者服務信箱 email：service@readingclub.com.tw
城邦讀書花園網址：www.cite.com.tw
香港發行所／城邦（香港）出版集團有限公司
地址：香港灣仔駱克道 193 號東超商業中心 1 樓
email：hkcite@biznetvigator.com
電話：(852)25086231　傳眞：(852) 25789337
馬新發行所／城邦（馬新）出版集團 Cité(M)Sdn. Bhd.
41, Jalan Radin Anum, Bandar Baru Sri Petaling,
57000 Kuala Lumpur, Malaysia.
電話：(603) 90578822　傳眞：(603) 90576622
email:cite@cite.com.my

版型設計／小題大作
封面繪圖／文成
封面設計／山今伴頁
電腦排版／浩瀚電腦排版股份有限公司
印　　刷／高典印刷有限公司
總 經 銷／高見文化行銷股份有限公司
電話：(02)2668-9005　傳眞：(02)2668-9790
客服專線：0800-055-365

■ 2011年1月26日初版
■ 2014年6月9日初版3.5刷
Printed in Taiwan

定價 / 180元

ISBN 978-986-120-517-5

廣　告　回　函
北區郵政管理登記證
台北廣字第000791號
郵資已付，免貼郵票

104台北市民生東路二段 141 號 2 樓

英屬蓋曼群島商家庭傳媒股份有限公司　城邦分公司

請沿虛線對摺，謝謝！

書號：BX4169　　書名：愛・抉擇　　編碼：

請於此處用膠水黏貼

商周出版

讀者回函卡

感謝您購買我們出版的書籍！請費心填寫此回函卡，我們將不定期寄上城邦集團最新的出版訊息。

不定期好禮相贈！
立即加入：商周出版
Facebook 粉絲團

姓名：________________ 性別：□男 □女

生日：西元________年________月________日

地址：________________

聯絡電話：________________ 傳真：________________

E-mail ：

學歷：□ 1. 小學 □ 2. 國中 □ 3. 高中 □ 4. 大學 □ 5. 研究所以上

職業：□ 1. 學生 □ 2. 軍公教 □ 3. 服務 □ 4. 金融 □ 5. 製造 □ 6. 資訊
□ 7. 傳播 □ 8. 自由業 □ 9. 農漁牧 □ 10. 家管 □ 11. 退休
□ 12. 其他________________

您從何種方式得知本書消息？
□ 1. 書店 □ 2. 網路 □ 3. 報紙 □ 4. 雜誌 □ 5. 廣播 □ 6. 電視
□ 7. 親友推薦 □ 8. 其他________________

您通常以何種方式購書？
□ 1. 書店 □ 2. 網路 □ 3. 傳真訂購 □ 4. 郵局劃撥 □ 5. 其他______

您喜歡閱讀那些類別的書籍？
□ 1. 財經商業 □ 2. 自然科學 □ 3. 歷史 □ 4. 法律 □ 5. 文學
□ 6. 休閒旅遊 □ 7. 小說 □ 8. 人物傳記 □ 9. 生活、勵志 □ 10. 其他

對我們的建議：________________

請於此處用膠水黏貼